魔物喰らい
ランキング最下位の冒険者は魔物の力で最強へ
JN250021
緒二葉
Illust. とよた瑣織

冒険者《炎天下》
キース
受付嬢《案内者》
エルル
冒険者《魔物喰らい》
エッセン

なあ、俺に教えてくれよ。
ドラゴンの肉って美味いのか？
職人《魔導工房》
リュウカ
身体の半分以上が魔物と化した風貌で、
ヴォルケーノドラゴンと対峙する。
俺は《魔物喰らい》。
魔物を喰らい、魔物の力を身に宿す冒険者だ。
お前も喰ってやるよ、ドラゴン！
決戦！ ヴォルケーノドラゴン

幼馴染との約束
「すぐに追いつく」
「待っているわ。ああでも、
手を抜いたりはしないから」
「当然」
冒険者《銀世界》
【氷姫】ポラリス
ポラリスが突き出した拳に、
俺の拳をこつんと合わせる。
まだ遠い。でも、近づいた。
いつか必ず、ポラリスの隣に並ぶのだ。
待ってろよ、冒険者ランキング1位！

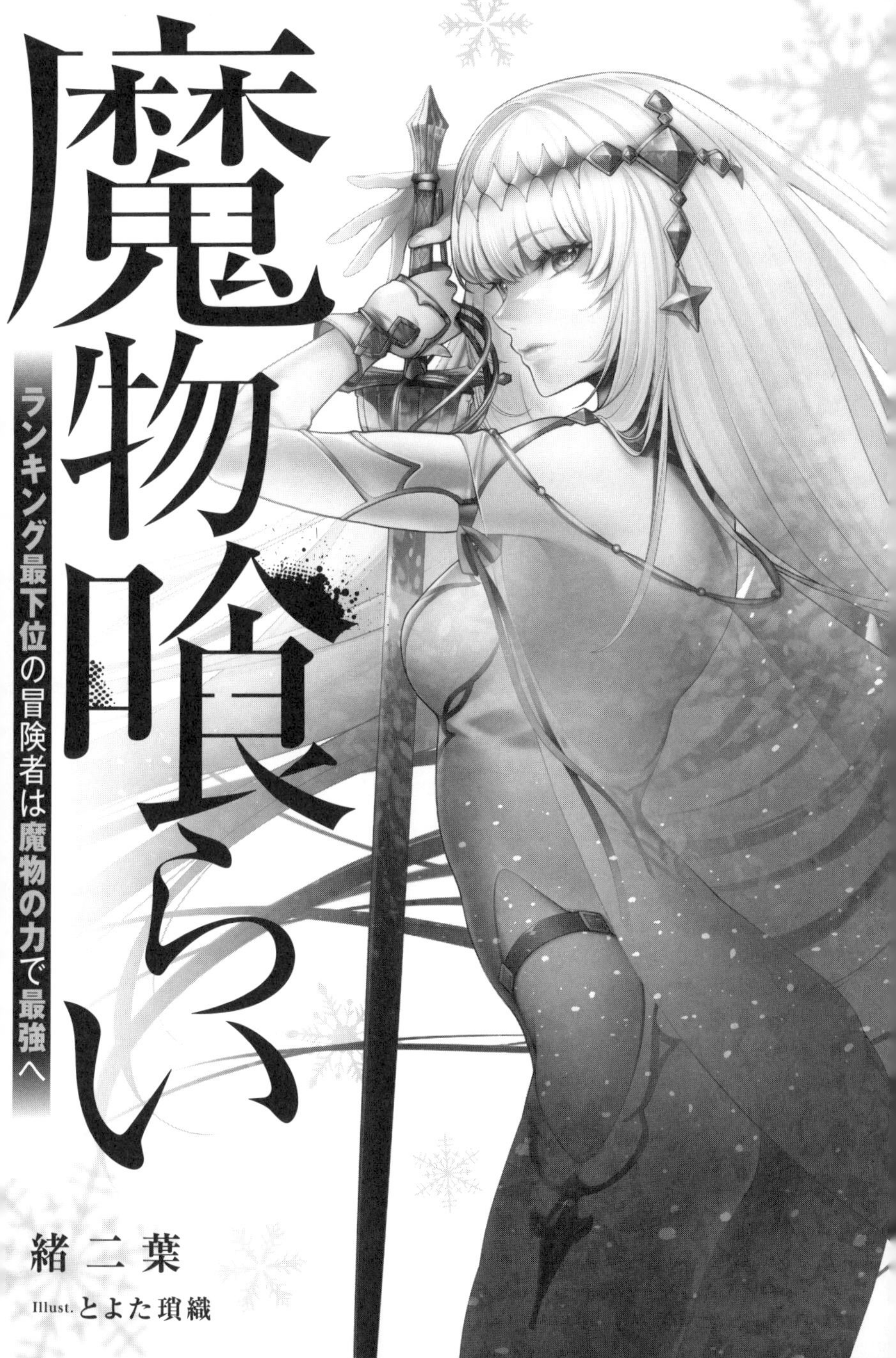
魔物喰らい
ランキング最下位の冒険者は魔物の力で最強へ
緒二葉
Illust. とよた瑣織

本文・口絵イラスト：とよた瑣織
デザイン：ＡＦＴＥＲＧＬＯＷ

CONTENTS

DEVIL EATERS

一章　【万年最下位】エッセン

「おい、見ろよ。またあいつだぜ。迷宮都市の名物だ」

「ああ、《万年最下位》のエッセンか。毎朝ランキングを見に来て、虚しくならないのかね」

「あいつも懲りないよな……。早く冒険者をやめて、農家にでもなればいいのに」

俺を見てクスクス笑う声が聞こえる。

毎朝更新される、冒険者の貢献度や評価を順位付けした表……冒険者ランキング。

国内で活動する全ての冒険者の名前が記されている。

旅神がもたらした神器が自動更新するシステムなので、漏れや間違いはない。残酷な現実が、明確な数字として表れる。

『96743位　エッセン』

ギルド二階の壁面を埋め尽くすように立ち並ぶ黒いボードの端に、俺の名前があった。

青色の魔力光が、控えめにその文字を映し出す。

「はぁ……。今日も最下位か」

このため息も何度目だろう。

冒険者になって四年。十六歳になりとっくにビギナーを脱しているはずの年齢になっても、俺の順位が上がることはなく、下がり続けた。同年代の者たちはとっくに５００００位を突破しているというのに。

冒険者になったばかりの新人のほうがまだ順位が高い。

あまりに貢献していないと評価がマイナスになり、順位が下がるからだ。

「いつになったら上に上がれるんだろ」

俺の上には大勢の冒険者がいて、しのぎを削っている。

俺よりも才能があって、血のにじむような努力をして、命をかけている。そんな化け物が、上にはうじゃうじゃといるのだ。

到底、無才の俺が勝てる相手じゃない。

「でも……諦められない。それがあいつとの約束だから」

上位のランキングを見るのも、俺の日課だ。一番目立つところにあるボードの前に移動する。

現在９位。俗に『十傑』と呼ばれる上位十名の中に、あいつの名前があった。

『９位　【氷姫】ポラリス』

幼少期を共に過ごし、一緒に冒険者のトップを目指そうと誓いあった幼馴染の名だ。

「一緒に登録したはずなのに、もう９位だなんて。万年最下位の俺とは、随分差がついちゃったな」

もう俺のことなんて覚えていないかもしれない。

無能な幼馴染なんて忘れて、トップ冒険者として、同じく才能のある仲間たちと肩を並べていることだろう。

だけど……俺は、ポラリスに追いつきたい。

「よしっ。今日も頑張ろう」

頬をパチンと叩いて、その足でダンジョンに向かう。

王国の中心部にあるこの迷宮都市の周りには、大小様々なダンジョンが存在している。

いや、莫大な資源をもたらすダンジョンを中心として、国が発展してきたと言うべきか。

そのため、国内で活動する冒険者のほとんどが、迷宮都市を拠点としている。

下級冒険者ギルドを出て、向かった先はFランクダンジョン。

《白霧の森》と名付けられたこのダンジョンは、初心者向けとして有名だ。

「初心者ダンジョンに四年間も入り浸っているの、俺くらいだよな……」

一見するとただの森だ。

違うのは、魔物がいること。そして。

『ここから先はFランクダンジョンです。進入しますか？』

「はい」

『ご武運を』

入り口の結界に手を触れると、脳内に声が響いた。

これこそが《ダンジョン》の特徴である。

旅神イイーリク。冒険者と迷宮を司る神の声だといわれている。

ダンジョンは旅神が作ったものであり、冒険者の出入りを管理しているのだ。

「今日の目標は薬草二十束だな。日が暮れる前に集めないと」

薬草はポーションの素材になるので常に需要がある。そのため、新人冒険者の小遣い稼ぎに人気だ。

しかし、それほど稼げるわけではない。丸一日歩き回って、ようやくその日の宿代に届く程度だ。

ほとんどの冒険者はすぐにやめ、より稼げる魔物討伐をメインにする。

それでも、俺が四年経っても薬草採取を続けている理由は、ひとえに俺が弱すぎるからだ。

「俺にもっと強さがあれば……。《魔物喰らい》なんてギフトでどう戦えって言うんだよ、旅神。……いや、言っても仕方ない。今できることをやろう」

たとえ薬草採取が、冒険者ランキングの貢献度に一切影響しないとしても。

生きていくためにやるしかないのだ。

普通、冒険者は魔物を倒すことで生計を立てる。

でも俺にはそれができない。なぜなら、俺が冒険者になった時に旅神イイーリクから貰ったギフトは《魔物喰らい》――魔物を食べても腹を下さないという、戦闘には使えないハズレだったからだ。

「ま、みんなが捨てる魔物の肉を食えるおかげで、食費が浮いてここまで生きてこられたんだけど」

俺のギフトを知った者は口を揃えて「冒険者をやめたほうがいい」と言ってくる。そりゃそうだ。

俺には戦闘用のギフトで得られるような身体能力も魔法もない。

今までに倒した魔物の数は、わずか数十体。そのどれもが、負傷し弱ったところに偶然出くわしただけだ。

基本的に、魔物を発見した場合は隠れてやり過ごす。

「グルルルル」

「……っ。フォレストウルフか……！」

遠くに狼の魔物を発見したので、木の陰にさっと身を隠した。

この森で一番強い魔物だ。群れを作らず、単体で行動する。

「情けないけど……逃げよう」

本当に情けない。トップを目指すなどと言いながら、俺は魔物から逃げ続ける。

戦わなければ強くなれないし、ランキングも上がらないとわかっていながら、俺は現状に甘えているのだ。

「迂回しよう」

そう、背を向けた時だった。

「きゃぁああああ！　誰かっっ！」

女性の悲鳴が聞こえた。

「……っ！」

慌てて振り向く。

視線の先、木々の合間から、フォレストウルフの姿が見える。

そして……襲われている女性の姿も。

「くそっ」

認識してすぐに、俺はナイフを手に地面を蹴った。

女性は、装備から察するに新人の冒険者だろう。俺と同じように、腰袋に薬草の束が挿さっている。

「いや、いやぁあああ」

「グルァ」

フォレストウルフは女性に覆いかぶさり、脚で身体を押さえつけた。

女性は足をばたつかせるが、フォレストウルフの拘束はきつく抜け出せない。大きな顎が、よだれを垂らして女性に迫る。

「今助ける！」

間に合え……！

駆け寄って、そのままの勢いでフォレストウルフの横っ腹を蹴りつけた。

ギフトがなくても気を引くくらいはできる。フォレストウルフはよろめいて、女性の拘束が緩んだ。

「はっ！」

すかさずもう一度。思い切り蹴り上げて、フォレストウルフを退かせた。

たまらず、フォレストウルフが飛びのく。

「今のうちに起きろ！」

「は、はいっ」

フォレストウルフは俺を警戒してか、後退して身を屈めた。

俺はナイフを構えて対峙する。

「君、走れるか？」

「え、あの、腰が抜けて……」

「ゆっくりでもいい。俺が時間を稼ぐから、ダンジョンの外に出ろ」

「わかりました。あの、ありがとうございます」

なんとか立ち上がった女性は、顔を涙でぐちゃぐちゃにしながら頷いた。

背後で少しずつ足音が遠ざかっていく。

「なんとか助けられたか……」

フォレストウルフの視線は、完全に俺に向いている。


「グルルルル」

「さて、少し俺と遊ぼうぜ」

ま、遊んでもらうのは俺のほうかもしれないけど。

俺の攻撃力じゃ、フォレストウルフを倒すのは難しい。怯ませる程度が限界だ。

下級の魔物であっても、普通の人間よりも遥かに強靭だ。戦闘系のギフトがなければ、魔物に傷を付けることすら難しい。

時間を稼いで、あの子が逃げる時間を作る。その後、俺も逃げる。それしかない。

「行くぞ」

「グルァアア」

俺の言葉が合図のように、フォレストウルフが跳躍した。

牙を煌めかせて、まっすぐ飛びかかる。

「く……っ」

横に転がることで回避。すぐに起き上がり、ナイフをフォレストウルフに突き立てる。

だが、毛皮の上を滑って上手く刺さらない。

「俺に剣士系のギフトでもあれば！」

ないものねだりだ。

フォレストウルフなんて、戦闘に向いたギフトを持っていれば子どもでも倒せる魔物なのに。

幼馴染が半日足らずで飛び越えていった壁を、俺は越えることができない。

「でも、俺だって四年間の経験があるんだ。魔物から身を守る術くらい……」

落ち着け、フォレストウルフはそれほど素早い魔物ではない。

視線を盗むんだ。動きを予測すれば、回避は容易い。

襲われるのは初めてじゃないんだ。慎重に……。

「え？」

ふわり、と身体が浮いた気がした。

足元を見ていなかった。地表に浮き出た太い根に躓いて、後ろに倒れこむ。

「グルルルル」

その隙を、敵が逃すわけがない。

咄嗟に手をついた俺の元に、フォレストウルフが迫る。

「くそっ！」

ナイフは……だめだ、間に合わない。

フォレストウルフは前脚で俺を押さえつけ、牙を覗かせる。俺にはそれが、笑っているように見えた。唾液がだらりと垂れ、俺の頬を濡らす。

「終わりなのか……?」

――喰らえ。

「ああ、俺は結局、ポラリスとは住む世界が違ったんだな」

――喰らえ。

「なんだよ、うるさいな。喰われるのは俺だよ」

「グルァアア」

――肉を喰らえ。

「《魔物喰らい》の俺が、魔物に喰われて終わるなんてな……」

フォレストウルフは味見をするように、俺の頬を舐めた。俺が抵抗をやめたのを悟って、遊んでいるのだ。

口の中がよく見える。俺は今からこの喉を通って、こいつの血肉になるのだ。

そう考えると……怒りが湧いてきた。

「嫌だ」

――喰らえ。

「俺はポラリスと一緒に、冒険者のトップに立つんだ。笑われるくらい大きな夢でも、あいつと約束したんだ」

――喰らえ。

「お前に喰われてなんかやらない」

――《魔物》を喰らえ。

「俺が喰ってやる」

ペロペロと頬をまさぐるフォレストウルフの舌に、思い切り噛みついた。

「グゥアアアア」

放さねぇよ。

魔物といえども、舌まで強靭というわけではないらしい。

顎に力を入れて、噛みちぎった。どろりとした血と少し硬い肉を呑み込む。

『スキル《フォレストウルフの大牙》を取得しました』

旅神の声が脳内に響き渡る。

何か言っているようだが、気にしている余裕はない。

のたうち回るフォレストウルフに、今度は俺が覆いかぶさった。

「なんだか今、すげー腹減ってるんだ」

「グルァアア」

口を開けて、喉元に歯を突き立てた。

硬い表皮のはずなのに、すんなりと肉がえぐれる。非常に不味いが、俺は噛みちぎって呑み込んだ。

『《フォレストウルフの大牙》がレベル2に上がりました』

フォレストウルフは悲鳴を上げて暴れる。

爪が俺の腕に突き刺さるが、気にせず捕食を続ける。

「そうか。そうだったのか……。このギフトは」

フォレストウルフの息は次第に荒くなっていき、動きが鈍る。

首から流れる血が地面を円形に染め上げた頃、フォレストウルフは完全に絶命した。

「このギフトは、魔物を生きたまま喰らうギフトだ」

『《フォレストウルフの大牙》がレベル3に上がりました』

血だらけの口元を拭って、フォレストウルフの死体から離れる。木の幹を背にして、座り込んだ。

「はあ、はあ……。か、勝った」

興奮がなかなか収まらない。水を飲んで、息を整える。

「そういえば、さっきの声はなんだったんだ？」

旅神の声が聞こえた気がする。

「もしかして、あれが神託か……？　新しいスキルを手に入れた時に聞こえるという」

旅神の加護を受け冒険者になった者は、誰でも一つ、ギフトを授かる。

そして、そのギフトによって発動できる技が《スキル》だ。ギフトの成長によって増えていくそれは、様々な効果を持つ。

だが、俺は今までスキルを一つも使えなかった。

「うわぁ、ちょっと感動する。俺もちゃんと冒険者だったんだな」

話には聞いていたが、どこか別世界のことのように思っていた。

スキルは滅多に手に入るものではない。しかし一度取得すれば永久に使うことができ、戦闘を優位に進めることができるのだそう。さらに、身体能力が上がる場合もある。

「えっと、たしか……《フォレストウルフの大牙》」

そう口に出した瞬間、口元に大きな違和感を覚えた。

「ん？　……うぉっ⁉」

手で触れてみると、俺の口には上下に二本ずつ、硬い牙が生えていた。

まるで本物の狼のようだ。

さっきは無我夢中で気づかなかったが、すんなり首を噛み切れたのはこれのおかげか？

「つまり、フォレストウルフの牙を出すスキルなのか……」

解除、そう念じると、牙は消え元に戻った。

「状況的に、フォレストウルフを食べたから手に入れられたのかな。でも、今まで魔物の肉を食べてもスキルを取得したことはない。……いや、魔物を生きたまま食べたのは初めてだった」

普通、そんなことする機会ないしな……。

一部の美味しい魔物を除いて、魔物の肉は捨てられる運命だ。人体には毒になることも多い。俺はギフトによってどんな肉でも食べることができたから、食費を浮かすために食べていた。けどさすがに、生きている魔物に喰らいついたことはなかった。

「つまり、生きた魔物を食べることでスキルを取得できるのか……？」

フォレストウルフを食べたことで手に入れたのは《フォレストウルフの大牙》というスキル。なら、他の魔物を食べれば、違うスキルも手に入るかもしれない。

「試してみるか」

木に手を突きながら立ち上がる。

身体はところどころ痛いが、大きなケガはしていないようだ。爪で引っ掛(か)かれたところだけ応急処置を施(ほどこ)す。

フォレストウルフの死体は放置して、森を歩きだした。

ダンジョン内の死体は、日が暮れると消滅(しょうめつ)する。だから、放置しても問題ないのだ。

「魔物から逃げるために覚えた索敵(さくてき)だけど、探すのにも便利だな」

ダンジョンといえども、構造は普通の森とそう変わらない。

足跡(あしあと)などの痕跡(こんせき)を辿(たど)って十五分ほど歩くと、ウサギ形の魔物……フォレストラビットを発見した。

「二匹か……よし」

この森で一番弱い魔物だ。

しかし身体が小さく動きが素早いため、捕(つか)まえるのは容易ではない。

「《フォレストウルフの大牙》」

スキルを発動し、牙を出現させる。

親指ほどのサイズなので自分の口に刺さりそうで怖(こわ)い。でも、上手いこと噛み合って自傷することはなさそうだ。

二匹のフォレストラビットは低木の下で身を寄せ合っている。普通のウサギと違う点は、体表が苔(こけ)のような植物に覆われていることだ。そのため、目を凝(こ)らさないと見えない。

フォレストラビットの戦闘能力は低いが、倒したところで特に有用な素材もないので誰も狙(ねら)おうとしない。

でも今回は、狙う理由がある。

「すぅっ」

息を短く吸って、木陰から飛び出した。

心なしか、以前より身体能力が上がっている気がする。これもスキルの効果か？

フォレストラビットはぎょっとして飛び上がると、散り散りになって逃げだした。

俺は片方に狙いを定め、一気に接近する。

先ほどのフォレストウルフのように、腕を前に出して飛びついた。首元を地面に押さえつける。

「悪いな」

動きを止めたフォレストラビットに、大牙を突き立てた。苦みのある草の香りが口の中に広がった。

柔らかい肉が喉を通って、腹の中に収まる。

『スキル《フォレストラビットの健脚》を取得しました』

直後、声が降ってくる。

「やっぱり、生きたまま食べるのが条件か！」

フォレストウルフが特別だったわけではないようだ。

短時間に二つもスキルを手に入れたことに興奮しながら、《フォレストラビットの健脚》を発動する。

「おお、足が軽い！」

ズボンを捲ると、ふくらはぎがウサギのような毛に覆われていた。

「魔物の能力が手に入るギフトってことか……？　これ、もしかしてかなり強いんじゃ……。なんで今まで気が付かなかったんだろう」

四年も無駄にしてしまった。

ハズレだと思っていた《魔物喰らい》のギフトは、無限の可能性を持つ有用なものだったのだ。

「これなら……俺は、上を目指せるかもしれない」

牙と足。身体の二つの部位に魔物の力を宿した俺は、ぐっと拳を握りしめた。

それから、何匹かフォレストラビットを倒した。

いくつかわかったことがある。

まず、取得できるスキルは、魔物一種類につき一つまでらしい、ということ。

どこの部位を食べても、新しいスキルを取得することはなかった。

『《フォレストラビットの健脚》がレベル４に上がりました』

代わりに、同じ魔物を喰らうとスキルのレベルが上がる。

フォレストウルフは一匹でレベル３まで上げることができたが、ラビットは一度目の捕食で絶命してしまうため、レベル４にするまでに八匹必要だった。

最初の予想通り、スキルを取得するためには魔物を生きたまま喰らう必要がある。

そのため、死んでしまうと食べても意味がないのだ。

「レベルが上がると性能も上がるみたいだ」

《大牙》は、鋭さや硬さが。《健脚》なら、跳躍力や走力が。

細かく調べたわけではないが、体感では強化されている。ギフト特有の感覚で、なんとなくわかるのだ。

「なら、なるべく高くしたほうがいいよな……。最大がいくつなのか知らないけど、高くて損することはないはず」

《フォレストラビットの健脚》を手に入れたことで、狩りの効率が大幅に上がった。

ウサギのような瞬発性を発揮し、木々が並ぶ複雑な道でも素早く動くことができるのだ。そして、跳躍することで一気に距離を詰めることができる。

捕まえた後は《フォレストウルフの大牙》の出番だ。

鋭い牙で皮を破り、肉を食いちぎる。

それだけで、魔物を倒すことができるのだ。昨日までだったら考えられない。

問題といえば、生肉が非常に不味いことくらい。でもスキル強化のためなら我慢できる。

「俺が魔物を倒せるようになるなんて、嘘みたいだ」

でも、嘘なんかじゃない。

万年最下位の俺は、ようやく戦う術を得たのだ。

「せっかくだからもっと狩りたいところだけど……」

枝葉の隙間から差し込む夕焼けを見る。

「日が暮れたら危険だ。今日のところは帰ろう」

フォレストラビットを狩りながら、薬草も採取してある。移動速度が上がったおかげで、容易く目標を達成することができた。

入った時のように結界を抜けて、ダンジョンを出る。

夕焼けに照らされた街道が、真っすぐ迷宮都市まで伸びている。

「こんなに清々しい帰り道は初めてだ」

その分、疲労感もいつも以上だけど。


しばらく街道を歩き、迷宮都市に辿り着いた。

迷宮都市は高い外壁と堀に囲まれていて、全部で八つある跳ね橋のどれかを通らないと中に入れない仕組みだ。

夕方はダンジョン帰りの冒険者で混雑するので、列に並んで順番を待つ。

「なんだあれ……」

「気持ち悪い」

「言ってやるな。ケガでもしたんだろう」

なんだろう、みんなが俺を見ているような気がする。

いや、さすがに自意識過剰だ。少し強くなったからって調子に乗るものじゃないな。

「おい、止まれ」

前の冒険者に続いて門を通ろうとしたが、門番に止められた。

「お前、どこに行っていた？」

「え？　《白霧の森》ですけど……」

「その血はなんだ」

初老の門番に指を差されて、ようやく周囲の視線の意味がわかった。

生きたまま魔物に齧り付いていた関係で、首から腹に掛けて返り血まみれだったのだ。口元は拭ったものの、ここまで気が回らなかった。

普通、魔物を剣などで斬ってもこういう汚れ方はしない。

まるで生肉を喰らったかのような……まあ、それは事実なのだが。

「えっと、これは……」

魔物の肉を食べたからで……そう答えようとして、言葉が詰まった。

冒険者は一般的に、自身のギフトを明かさない。

特に、俺は《魔物喰らい》なんてギフトだから、話せるようなものじゃない。

魔物は旅神イイーリクの教えによると人類の敵なので、あまり良い顔をされないからだ。

一部の魔物は食材として利用されているが、基本的には忌むべき存在である。

ましてや、生きたまま魔物を喰らって能力を得るなど……。

受け入れてくれる人が、いったいどれだけいるだろうか。

「その、フォレストウルフの解体に失敗しまして」

あはは、と笑って腰袋から鋭利な牙を見せる。

門番は訝し気に目を細めたが「よい。通れ」と許可してくれた。解体が下手な奴、くらいに思ってもらえたと思う。いや、どんな失敗したら胸まで血だらけになるのかわからないけど。

「ギフトの効果は隠しておいた方が良さそうだな……」

魔物の牙を持ち、魔物に喰らいつく。そんな人間がいたら、普通に怖い。

うん、俺なら絶対距離を取る。

それに、教会に知られたらどうなるかわかったものじゃない……。

「誰にも知られるわけにはいかないな……。せっかく戦えるようになってもソロか」

口では残念そうに言いながらも、俺の気分は高ぶっていた。

明日の冒険者ランキングが楽しみだ。


翌朝。

血だらけの肩鎧を丁寧に洗ってから眠りについた俺は、起きてすぐに下級冒険者ギルドに向かった。

下級冒険者ギルドはその名の通り、下級の冒険者が利用するギルドだ。人数が多いためいくつか支部があり、俺がいつも使っているのは第三支部。

下級と中級の境目は《50000位》で、冒険者ランキングを基準として、利用できるギルドが分けられている。

「昨日はウルフ一匹とラビット八匹倒したからな……。頼む、上がっていてくれ！」

逸る気持ちを抑え、ランキングボードの前に立つ。

壁面に並ぶボードの一番端。俺の定位置と化した最下位の欄には……違う名前が記されていた。

「最下位じゃない！　じゃあ、俺の名前は……」

一つずつランキングを遡っていく。

「あった！」

ようやく自分の名前を発見した。そこには。

『91992位　エッセン』

と記されていた。前回見た時よりも、５０００弱ほど上昇している。

「よっっしゃぁああ！」

いきなり叫び出した俺に、周囲の冒険者がぎょっとする。

でも、叫ばずにはいられない。だって……四年間ずっと、ほぼ最下位だったのだ。

半分諦めかけていた。俺には無理なんだって思う日もあった。

でも……まだ夢を見ていてもいいらしい。

「ポラリス、待ってろよ。絶対、俺もそこに行くから」

９位に煌々と輝く名前を見て、小さくそう決意した。

「のんびりしている時間はないな。四年間も後れを取ったんだから」

ランキングが一気に上がったのは嬉しい。だが、まだまだ上がいる。

そもそも、下のほうはほとんど活動していない冒険者も多い。一日の狩りで５０００弱ほども上がったのはそのためだ。

これからは、実力のある冒険者が立ちはだかることになる。

「楽しみすぎる」

冒険者ってこんなに楽しい職業だったんだな。続けて良かった。

ギルドを出て、昨日と同じ《白霧の森》に向かう。

さすがに、いきなりランクの高いダンジョンに挑戦するほど自惚れてはいない。ランキングを上げるためには高ランクダンジョンの攻略は必須だが、きちんと段階を踏んでいかなければ危険だ。

急ぐ必要はある。しかし、焦ってはならない。

「今日の目標は、《大牙》と《健脚》のレベル上げだな。なるべく高くしてから次のダンジョンに挑みたい」

あとは他の魔物も発見できれば、新しいスキルの取得に繋がる。

《魔物喰らい》は本当にすごいギフトだ。今までハズレだと思っていてごめんよ……。

ほどなくして、森に到着した。

結界を通過し、さっそく狩りを開始する。

「《フォレストウルフの大牙》《フォレストラビットの健脚》」

足と歯に、それぞれ魔物の力を宿した。

傍から見れば奇妙な見た目をしていることだろう。足は服に隠れて見えないが、口元には巨大な牙が剥き出しになっているのだから。

「他の冒険者は……いないな。よし」

ダンジョンは無数にある上、冒険者は人気の場所に集中する。《白霧の森》は薬草くらいしか旨みがないため、不人気なのだ。もっと上位のダンジョンなら、薬草もより良い質のものが採取できる。

その分、競争が少ないので俺は足繁く通っていたのだが、あまり人に見られたくない今回でも、うってつけの場所だ。

「……いた。フォレストウルフだ」

結局、昨日は最初の一匹以外には遭遇しなかった。

あの時は無我夢中で取っ組み合いながらなんとか倒したけど、ギリギリだった。

でも、少し強くなった今なら……。

「勝てる。……よし」

膝を少し折って、足に力を入れる。

《フォレストラビットの健脚》の感覚はもう慣れた。全力で地面を蹴れば――風になれる。

「グル⁉」

俺の接近に気が付いたフォレストウルフが、慌てて身構えた。しかし、もう遅い。

ウサギは方向転換も得意だ。瞬発力を生かして、ウルフの背後に回りこむ。

「いただきます！」

背中に飛び乗り、首筋に牙を突き立てた。

うん、やっぱ不味いな。特に毛が口の中に入るのが不快すぎる。

だが、俺のギフトは肉だろうと毛だろうと関係なく消化することができる。

そして、吸収された肉は俺の力になる。

「よしっ、圧勝！」

この日は陽が傾くまで狩りを続け、魔物を喰らった。

二章　【氷姫】ポラリス

迷宮都市《上級冒険者ギルド》。

冒険者ランキング9位【氷姫】ポラリスは、ダンジョンから帰ると、必ずこの場所に立ち寄る。

「【氷姫】だ……。十傑はやっぱりオーラが違うよな」

「今日も美しい」

「あー、パーティ組んでくれねぇかな……」

上級ギルドに入ることを許されたランキング上位四桁の猛者たちの中にあっても、ポラリスは別格だ。

実力もさることながら、氷のように透き通る銀色の髪に端整な顔立ち、細身で引き締まった身体……見る者をうっとりとさせる美しさだ。

「……はぁ」

無遠慮な視線に辟易としながら、ギルドの真ん中を突っ切って奥に進む。

彼女の日課は、ランキングボードのチェックだ。

しかし、自分の順位ではない。

「エッセン……」

同じ村に生まれ、幼少期をともに過ごした幼馴染の名前。

彼が間違いなく最下位にいることを、確認するのだ。

冒険者ランキングに記載されるのは、国内で活動する冒険者だけ。

旅神の加護を外れた者……つまり、冒険者をやめたり死亡した者については、名前が消滅する。

エッセンの名が最下位にあるということは、幼馴染が無事に冒険者を続けていることの証左となる。

「本当は会いに行きたいのだけれど……」

もう三年以上会っていない。

ポラリスが才覚を発揮して下級を抜け出し、エッセンとの差が浮き彫りになった頃。それぞれ別のダンジョンに挑戦するようになり、少しずつ二人は話さなくなっていった。そしていつからか、完全にすれ違うようになった。

「私はエッセンと一緒に戦いたい。でもそれ以上に……無事でいてほしい。だから、最下位でいいのよ、エッセン」

幼い頃、二人で夢見た目標を、彼は覚えているだろうか。

絆の証だったその誓いは、いつしか二人の関係を引き裂くものになってしまった。才能に格差があったばかりに。

それでもポラリスは努力をやめない。

手を抜くことは、エッセンに対する裏切りだと思うから。

「やあ、ポラリス」

ランキングボードの手前で、金髪のキラキラした男が手を振った。中性的で整った顔、白い歯を覗かせる笑顔、金色の軽量鎧。全てにおいてキラキラである。

「なにかしら」

「つれないなぁ。まあそんなところも君らしいよね」

「ウェルネス、用がないならどいて」

「返事を聞こうと思って、ね。どうかな、考えてくれた？　僕のパーティに入る件なんだけど」

ポラリスはキッと睨みつける。【氷姫】の二つ名は、にこりともしない口元と鋭い目つきから付けられたのではないか、と思わされるほどの冷たさだ。

「悪い話じゃないと思うんだ。僕は73位。他のメンバーも三桁以下の有望株を揃えている。ここに君が加われば、迷宮都市でもトップクラスのパーティになれる」

「言ったはずよ。私は誰とも組む気はないわ」

73位という順位は、全体で見れば上位に違いない。しかし、ポラリスはもっと上だ。

ウェルネスのパーティに加入する理由はなかった。

一般的に、ダンジョンは難易度が上がるほど、一人での探索が難しくなってくる。

そこで冒険者は、複数人でパーティを組んで役割分担をする。四人から六人程度のパーティが多いが、中には数十人規模で行動する冒険者もいる。

それこそ、ウェルネスも常に複数人をつき従え、一大派閥を形成していた。

だが、ポラリスを含めて十傑に数えられるような天才奇才たちは、むしろ一人を好む。突出しすぎた才能は、集団行動に向かないのだ。

「僕は君を気に入っているんだよ？　僕は必ずもっと上に行く。それこそ、ポラリスの順位だって超えるつもりだ。その時になって泣きついてきても――」

「もう一度言ってあげるわ。足手纏いはいらないの」

「……っ。また誘いに来るから、よく考えておいてよ。一番良い選択が何なのか、聡明な君ならわかるはずだ」

少し声を低くしたウェルネスは、最後にそう言い捨てて立ち去った。

ポラリスは視線をすぐに外した。もう、彼の姿は意識の外だ。

ランキングボードの前に立つ。彼の名がたしかにあるのを確認してから、一等地に構える家に帰る。それが彼女のルーティンだ。

しかし。

「え……？　うそ……」

いつも彼の名前があるランキングの一番端には、違う名前があった。

「エッセンじゃない？　まさか……」

最悪の想像が脳裏をかすめる。

名前が消えた。それはすなわち、ランキング対象ではなくなったことを意味する。

死か、引退か。

「いきなり冒険者をやめた……？　いえ、そんなはずがないわ。エッセンが諦めるわけない。でも、それなら……違う。エッセンは死んだりしない。そうよ、きっとランキングが上がったんだわ」

一縷の望みをかけて、ランキングを遡っていく。

彼が戦えないことは知っている。四年間も最下位に甘んじていたのだ。いきなり順位が上がるなんて、そうそうあり得ない。

そう思っていたのに、５０００ほど遡ったところで、ついに発見した。

『９９９2位　エッセン』

それを見た瞬間、ポラリスは踵を返した。

「エッセン！」

口元にわずかな笑みを浮かべながら。

＊＊＊

「いや〜、今日は順調だったな！　スキルレベルも上がったし！」

《大牙》と《健脚》のレベルが上がり、さらに強くなった。どうやら身体能力にも多少の補正が入るようで、今まででは考えられないくらい身体が軽い。

さらに《フォレストバットの吸血》というスキルを新しく手に入れた。

陽が沈み始めた頃から出現する魔物で、偶然二匹ほど捕まえることができたのだ。手のひらサイズの小さなコウモリを口に入れるのは少々抵抗があったな……。

このスキルは、他の二つと比べて見た目の変化はない。最初は効果もよくわからなかったが、魔物を食べた時に判明した。

血を吸うことで傷や疲労が癒えるのだ。

「回復スキル、ってことだよな。回復系のギフトは珍しいからなー。自分にしか使えないけど、かなり有用だ」

魔物の肉を噛みちぎる時に、どうしたって血も口に入る。

だから、シナジーとしては申し分ない。意識しなくても勝手に発動する。

「疲れたけど……うん。めちゃくちゃ楽しいな。これだよこれ。俺がなりたかった冒険者の姿は、薬草採取じゃなくて魔物との戦いだ！」

まあ、魔物に密着して噛みつく姿はちょっと違うけど！

今日も汚れることは想定していたので、持ってきた服に着替えてから門を通り、そのままギルドに向かう。

魔物の素材や薬草は誰かに売ることで収入になる。

商店などに直接売ってもいい。今まで、薬草は知り合いのポーション屋に売っていた。

だが、そのような伝手がない場合はギルドで買い取ってもらえる。

直接の取引に比べて多少値が下がるものの、どんなものでも一括で買い取ってもらえるので楽だ。

「お帰りなさいませ。買い取りですか？」

「はい。フォレストウルフの牙と爪、フォレストバットの羽です」

裏手の魔物素材専用カウンターに、獲ってきた素材を並べる。

Ｆランクダンジョンの魔物なので大した金額にはならないが、それでも薬草だけに比べれば数倍の収入になった。

そりゃ、みんな魔物討伐に集中するわ……。

「ありがとうございました。またお待ちしております」

男性職員が丁寧に頭を下げて、俺を見送った。

俺のような下級の冒険者にも誠実に対応してくれる。気性の荒い者も多い冒険者を相手にする仕事なので、大変な仕事だ。頭が上がらないな。

余談だが、ギルド職員などの商人は財神ネムナムの加護を受けている。きっと彼も、財神から授かったギフトを仕事に役立てているはずだ。

「さて、パンを買って帰るか」

いつもより増えた収入は装備などに回そう。まだまだ、生活水準を上げられる余裕はない。

安くて硬いパンだが、あれはあれで慣れれば美味しい。というか、魔物の生肉に比べればなんだって美味しい。

ギルドを出て、四年間お世話になっている安宿に帰ろうとした時だった。

「エッセン……っ！」

聞き覚えのある声が、俺の名を呼んだ。

思わず足を止める。しかし、振り返らない。いや、振り返ることができない。

「エッセン」

凛とした声が、再び俺の背中に突き刺さる。

見なくてもわかる。あいつだ。……ポラリスの声だ。

「ランキングを見たわ。……その、おめでとう」

ポラリスが控えめに、そう言った。

なんで彼女がここにいるんだろう。

この下級ギルドは、ランキング上位の彼女が来るような場所ではない。冒険者ランキング上位者は迷宮都市の上級地区へ入ることが許され、そこで生活するのだ。ギルドもそちら側にあるため、俺と遭遇する可能性はない。

きっとポラリスは、俺のランキングが上昇していることに気が付いて、ここまで来たんだ。

とっくに俺のことなんて忘れていると思ったのに、今でも気に掛けていてくれたことが嬉しい。思わず溢れそうになる涙は、気合いでひっこめた。

「エッセン……？」

本当は、今すぐ振り向いて、再会を喜びたかった。

でも、俺の中のちんけなプライドが、それを許さない。

ポラリスはランキング９位の天才。俺との格差は依然として大きい。

だから……まだ、彼女の隣にはいけない。

ポラリスを避けていたのは俺のほうなんだ。

強くなっていく彼女に負い目があったから。隣にいる資格はない、と誰よりも俺自身が思っていた。

「エッセン、戦えるようになったのなら、よかったら私と……」

俺は少し大人びたポラリスの声を、背中越しに聞く。お互いもう十六歳。もう子どもじゃないんだよな。

その誘いは、俺がずっと欲しかったものだ。思わず飛び上がって喜びそうになる。

叶うならポラリスと一緒に戦いたい。かつて英雄譚に憧れ、冒険者を志した時のように、二人で上を目指したい。

でも……それは今じゃない。

ポラリスとパーティを組めば、並みの魔物では相手にならないだろう。

彼女が危険を排除して、安全に《魔物喰らい》を発動し、スキルを増やしていける。そうすれば、すぐに強くなれる。

効率を考えれば恥を捨ててポラリスに頼むほうがいい。

でも、それでは彼女の付属品に成り下がってしまう。パートナーとしてともに戦うという目標は、二度と叶わない。

ポラリスからしたら、くだらないプライドかもしれない。

ただでさえ、俺が弱かったことで幻滅しているだろうに、どの口が言っているのかと思われるかもしれない。

それでも……俺にとっては大切なことなんだ。

「ポラ……」

断らないと……。そう思って振り返ろうとすると、酔っ払いの集団が俺たちの間に割り込んできた。

言葉はかき消され、ポラリスの姿も見えない。

「ポラリス！」

ポラリスに届くよう、声を張り上げる。

「まだ、お前とは行けない。でも……」

俺は、絶対に強くなる。ポラリスに相応しい冒険者になる。

ポラリスの顔を見るのは、それまでお預けだ。

「待っていてほしい。俺が強くなる時まで」

後ろで、ポラリスはどんな顔をしているだろう。

俺の声は、きちんと届いているのだろうか。

「……待ってる」

夕方の喧騒にかき消されそうになるけど、かすかに聞こえた。

「私、待ってるから」

その言葉を背中で聞きながら、俺は歩き出した。

俺は絶対強くなる。

その決意を胸に、ポラリスと別れた。

ポラリスとの会話に集中しすぎていたせいか、途中誰かに肩をぶつけてしまった。

「あ、すみません」

咄嗟に謝るが、相手は無視して去っていった。

「なんだ……？　随分キラキラした高そうな装備だな……。まあいいか」


ポラリスと話し、決意を固めた翌日。

日課のランキング確認をして、今日も《白霧の森》に来ていた。

ちなみに、今日のランキングは《90142位》だった。もう少しで80000位台に入れる！

「そろそろ次のダンジョンに行きたいよな。《健脚》は最大レベルになったし、《大牙》と《吸血》のスキルレベルを上げ切ったら移動しよう」

できれば数日中に終わらせたい。

フォレストラビットの健脚はレベル10が最大だった。

他のスキルも同じなのだろうか？

「あの！」

森に入ろうとした時、突然呼び止められた。女性の声だ。

「ん？」

「突然すみません。わたし、先日フォレストウルフから助けてもらった者です！」

「ああ！　あの時の！　無事でよかったよ」

よく見ると、たしかにあの時の女性だ。栗色のショートヘアには見覚えがある。あの後は色々あったから、すっかり忘れていたな。

彼女はぺこりと頭を下げて、くったくのない笑みを浮かべた。

小柄だからか動きが小動物のようで、愛嬌がある。

「本当にありがとうございました。あなたがいなかったら、どうなっていたか……」

「たまたま通りがかっただけだから、気にしないでくれ。むしろ感謝したいくらいだ」

「え？」

死にかけたけど、おかげで《魔物喰らい》の本質に気づけたからな。

あの戦いがなかったら、俺は今でも最下位のままだった。もしかしたら底辺のまま一生を過ごしていたかもしれない。

それを思えば、危険を冒して彼女を助けたのは大正解だった。もちろん、彼女が無事だったことも嬉しい。

「えっと……？」

困惑した様子の彼女は、手を胸の前で組んで、小首を傾げた。

「ああ、すまん。こっちの話だ」

「そうですか……。あのわたし、ユアって言います」

「俺はエッセン。冒険者だ。……って、これは見ればわかるか」

「わたしも今は冒険者をしています」

ダンジョンには冒険者しか入れない。

迷宮を司る旅神イイーリクがそう定めているからだ。

ダンジョンは旅神が管理し、魔物を倒すために加護を受けた冒険者だけが中に入れる。

だから、フォレストウルフに襲われていたユアが冒険者なのも当然だ。

「ん？　今は？」

「はい。つい先日までは実家で農業をしていました」

「ってことは、改宗したのか」

子どもは十二歳になると、神の加護を受ける。将来の職業に合わせて、数多いる神々から相応しい神を選ぶのだ。

冒険者なら旅神、商人なら財神。そして農家なら豊神。それぞれ、相応しいギフトを与えてくれる。

だが、途中で職業が変わる場合もある。その場合には、信仰先を鞍替えすることになる。神々は寛容なので改宗してもさほど問題はない。

改宗した場合は元のギフトは消え、新しくギフトを得る。

「何で冒険者に？　俺が言うことではないが、冒険者は安定した職業とは言い難いぞ」

「それは……」

農家は人々の生活を支える大事な仕事だ。

農村単位で生活し、代々土地を受け継いで生計を立てている。実家が農家なのであれば、比較的安定した生活を送れるはずだ。

「ああいや、言いづらいならいいんだ」

ユアが言い淀んだのを見て、慌てて付け足す。

一度助けただけの女性に干渉しすぎだ。ずっとソロでやってきたから、人との付き合い方が下手になっている。

まずい、このままじゃポラリスともちゃんと話せるかわからないぞ……？

「そういうわけじゃないんです。……あの、エッセンさん。助けていただいた身で厚かましいのですが……お願いを聞いていただけませんか？」

「お、おう？　まあ俺にできることなら」

「ありがとうございます。エッセンさんの強さを見込んで……《白霧の森》のボスを倒してほしいんです」

ユアは俺に詰め寄って、潤んだ目で見上げた。

ボスの討伐。そう切り出した彼女は、俺が真意を尋ねる前に言葉を続けた。

「実は、母が病に侵されてしまったのです。厄介な伝染病で、治療魔法も効かず……。治せるのは《白霧の森》のボス、フォレストキャットの頭に生えた茸だけ」

「たしか、新鮮な状態じゃないと効果がないんだったよな」

「はい。採取依頼を出そうにもお金がなく……」

「自分で取りに行こうとしたわけか」

各ダンジョンに一体ずつ、ボスと呼ばれる魔物がいる。

最奥に出現する、ダンジョン内で一番強い魔物だ。

当然、フォレストウルフとは比べ物にならない強さを誇る。

ボスは二ランク上……FランクダンジョンであればDランクの魔物ほどの強さだと言われている。

冒険者になったばかりの新人が挑むのは自殺行為だ。

「それじゃ、お願いっていうのは」

「はい。フォレストキャットから茸を取ってきていただきたいのです。お金はあまりないですが、お礼は必ずしますので！」

ユアは、俺が万年最下位だった冒険者だとは知らないのだろう。

彼女からしたら、俺はフォレストウルフから救い出してくれて、何事もなく帰還した男だ。

しかし、俺はボスなんて倒したことはない。

依頼するのなら、もっと強い冒険者のほうが確実だ。

でも、金銭的な問題が付きまとう。

それでも無理に依頼しようとすれば、何か他のものを要求されるだろう。それこそ、彼女自身とか。

「お願いしますっ」

頭を下げる彼女は、きっと藁にも縋る思いのはず。

俺にボスが倒せるだろうか？

欲を言えば、もっとスキルのレベルを上げて準備を調えてから挑みたい。でも、時間をかければかけるほど、母親の病状は悪化していくだろう。

目を閉じ、数秒じっくり考えてから、口を開いた。

「わかった」

俺は冒険者のトップを目指すんだ。

少女の願い一つくらい、叶えられなくてどうする。

「俺が取って来るよ。ユアはゆっくり待っててくれ」

そう言うと、彼女はぱっと顔を上げ、目に涙を浮かべた。

《白霧の森》のボスは、大型動物サイズの体躯を持った緑色の猫だ。

戦ったことはないが、一度だけ遠目で見たことがある。

ここは初心者用のダンジョンだが、ボスだけは別格だ。冒険者として登録する時に、ボスには挑まないよう必ず注意される。

とはいえ、所詮はＦランクダンジョンだ。強さはＤランクダンジョンに出現する魔物くらいで、経験を積んだ冒険者ならソロでも倒せる。

いわば初心者の登竜門として君臨しているのが《フォレストキャット》という魔物であった。

さっそくダンジョンに入り、ボスエリアを目指す。

「グルルルル！」

「悪いな、ゆっくり戦っている場合じゃないんだ。《大牙》」

飛び掛かってきたフォレストウルフを最小限の動きで回避し、首筋を食いちぎる。

うん、とても知恵のある人間とは思えない戦い方だな！　もう慣れたけど！

スキルレベルの上がった《フォレストウルフの大牙》は鋭く尖り、容易く突き刺さる。すれ違い様に一撃で絶命させ、先を急ぐ。

「《健脚》も、レベルが上がったおかげでだいぶ速く動けるようになったな。よし、これなら……」

木々の間をジグザグに抜けて、広大な森を駆け抜ける。

身体が軽い。数日前よりも格段に強くなったのを感じる。

「どっちみちボスは倒すつもりだったんだ。次のダンジョンに行く前に、森にいる魔物は全て喰らわないとな！　スキルの種類はいくつあってもいい」

猫のスキルはなんだろう？　楽しみだ。

フォレストキャットがいるのは森の最奥。

ダンジョンのランクが上がっても、ボスの出現方法は共通だ。

ボスエリアと呼ばれる専用の場所に入ることで、戦うことができる。

「ここだな……」

フォレストウルフを何度か倒し、《大牙》のスキルレベルが最大になった頃。

俺はボスエリアの前に到着した。

『ボスエリアです。ボス戦を行いますか？』

「はい」

『ご武運を』

旅神の定型句が頭に流れ、結界を抜ける。

ボスエリアは木々がなく、開けた空間になっていた。

決闘するには十分すぎる広さの平地の真ん中で、巨大な猫が身体を丸めて眠っている。頭には大きな茸が生えている。

「《フォレストウルフの大牙》《フォレストラビットの健脚》《フォレストバットの吸血》」

スキルを三つ発動して、足を踏み入れる。

異様な緊張感だ。ごくりと喉を鳴らす。

「寝てるのか？　なら、油断しているうちに倒させてもらおう」

武器は使わない。剣などはそれ自体より、使用者の技術とギフトのほうが重要だ。剣士系のギフトを持たない俺には、無用の長物。

俺には、代わりにこの牙がある。

鋭く硬い大牙は、フォレストキャットにも通用するはずだ。

「いただきま――」

「ニャ」

地面を大きく蹴って喰らいつこうとした、その時。

危機を察知したのか、フォレストキャットが目を開いた。

「ニャァア」

「ちっ！」

慌てて急停止し、横に跳んだ。俺がいた位置に、キャットの前脚が振り下ろされる。

キャットはむくりと起き上がると、毛を逆立てて俺を睨んだ。

「野生の勘ってやつか？　にしてもデカイな……」

牛よりも一回り大きいぞ。

それに、あの長い爪……まともに受けたらただでは済まない。

「ニャ」

「……っ」

キャットは虫でも叩くように、軽快に前脚を伸ばした。しかし、俺にとっては必殺の一撃だ。

だが、速度はそれほどでもない。

「いける！　とりあえず避けることはできるな！」

《健脚》のレベルを上げといてよかった。

逃げ回る俺に、キャットは連続で猫パンチを繰り出してくる。両前脚を交互に振り下ろしてくるせいで、攻撃に転じる余裕はない。

当たる気配はないが、このままではじり貧だ。

しばらく逃げ回り、キャットの動きを観察する。そろそろか……？

「目が慣れて来た」

猫パンチを紙一重で掻い潜り、懐に潜り込む。

「ニ⁉」

この敵は間違いなく強い。

以前までの俺だったら、最初の小手調べで潰されていた。

でも……上に行くためには、越えなければならない壁だ。

《魔物喰らい》の本来の使い方を知り、スキルを手にした俺なら、勝てる！

「いただきマスッ！」

高く跳躍して、キャットの背に飛び乗った。

振り落とされないように四肢でしっかりと捕まり、大牙を煌めかせる。

そして、首筋に噛みついた。

「ニャァアアアアアアア」

深い森に、猫の絶叫がこだました。

『スキル《フォレストキャットの鋭爪》を取得しました』

『ボスが討伐されました』

『初攻略報酬として《マジックバッグ（小）》を取得しました』

声が響き、地面から宝箱が生えてくる。

「おお、これが噂の……」

ボスはダンジョンの中でも特に強力だが、ボスエリアから動かないため、戦闘を避けることは容易だ。

それでも多くの冒険者が攻略に挑むのは、初めて討伐した際に報酬が貰えるからだ。

Ｆランクダンジョンである《白霧の森》の報酬は、《マジックバッグ》という名の巾着袋だ。中の空間が拡張されていて、見た目以上に多くのものを収納できる。冒険者必携の道具のアイテムである。

「倒した本人にしか使えないから、自分で倒さないといけないんだよな……」

フォレストキャットの討伐が新人の登竜門だと言われている理由の一つだ。

ポーションや食料、ダンジョンで入手した素材など、冒険者の荷物は多くなりがちだ。なので、マジックバッグは非常に重宝される。

「ふう……勝ててよかった」

口元を拭って、地面に座り込む。

俺にダメージはない。結果だけ見れば完勝だ。

「でも危なかったな……」

《健脚》のレベルを上げていなかったらどうなっていたか。

俊敏な動きを可能とするスキルと、上昇した身体能力があってようやく、キャットの攻撃を掻い潜ることができた。

《大牙》がボス相手でも問題なく通用することがわかったのはよかった。

最初に手にしたこのスキルが、《魔物喰らい》の生命線だ。噛みちぎることができなければ、スキルを取得できない。

「そうだ。茸を取らないと」

伝染病の治療に使われるという、キャットの頭に生えた茸だ。

ユアの母親を助けるため、なるべく早く届ける必要がある。

倒れ伏したキャットの耳の間から、一本だけ茸が生えていた。手のひらサイズで、体色と同じ緑色をしている。

……毒があるようにしか見えない。

ナイフで根本を切り落とす。身体から生えているが、身体の一部というわけではないようだ。血が出たりはしない。

「これをユアに渡せばいいんだよな」

彼女はダンジョンの入り口で待っているはずだ。《健脚》を使い、急いでダンジョンから出る。

「えっと……ユアは……」

思ったよりも早く帰ってこられたので、時刻はまだ昼過ぎだ。

「エッセンさん！」

街道で待っていたユアが、手を振りながら小走りでやってくる。

「大丈夫でしたか⁉」

「ああ、取ってきたよ。……ほら」

マジックバッグから茸を取り出し、ユアに渡す。

さっそく活用してます。初心者卒業！

「え、早い。おケガはしてないですか？」

「ああ、余裕だったよ」

「よかった……。あの、ありがとうございます！」

本当はギリギリだったけど、見栄を張る。

無駄（むだ）に心配させる必要はない。

「俺のことより、早くお母さんに届けなくていいのか？」

「そうですよね。この茸があれば、母を助けられます！」

さっきまでは泣きそうな顔だったのに、今は晴れやかだ。

茸一本手に入れただけで楽観的な……とは思わない。ダンジョン産の素材は特別な効果を持つものが多い。

この茸も、とある伝染病に特効薬的な効果を持つ。

「そうだな。ちなみに、村はどこにあるんだ？」

「迷宮都市からは馬車で半日ほどです」

そう言ってユアが上げた名前はあいにく聞いたことがなかったが、その距離（きょり）ならすぐに帰れるだろう。

「エッセンさん、本当にありがとうございました。二度も助けていただけるなんて、わたしの恩人です。あの、このお礼は必ず！」

「ああ、早く行ってやれ」

「はいっ」

ユアは最後に深く頭を下げて、走り去っていった。

偶然知り合っただけの女性だけど、母親が無事だといいな。

「さて」

陽が沈むまでは、まだ時間がある。

「依頼も終わったことだし……スキルレベルを上げるか」

最近、スキルのレベルを上げるのが楽しくて仕方がない。

強くなれる。そう思えば、激マズの魔物肉を呑み込むのも容易い。

そして今回、新しいスキルを手に入れた。

「《フォレストキャットの鋭爪》……か。クク、レベル最大になるまで周回だ」

シャキン、と音を立てて両手の爪が鋭く伸びた。

この日、帰るまでに三回ボスを倒した。

報酬が貰えるのは最初だけだから、普通はやらないけど……。ボスは一度ダンジョンから出れば再挑戦できるのだ。

フォレストキャットはボスだからか、一匹倒すだけでいくつかレベルが上がる。おかげで、一日で最大まで上げることができた。

道中でも魔物を倒したし、もうこのダンジョンに用はない。

「次はEランクダンジョンだな！」

三章　【受付嬢】エルル

「昨日はボスを三回も倒したからな。ランキングがどれくらい上がっているか……」

Ｆランクダンジョンのボスを倒すと、世間的には初心者脱却とみなされる。

冒険者になる者は大勢いて、才能がありすぐに駆け上がる者もいれば、俺のように長い間初心者のまま燻る者もいる。

その初心者の中から抜け出せたのだ。順位も相応に上がっているはず。というか、上がっていてほしい！

「どれどれ……」

ドキドキしながらランキングボードを見上げる。

毎朝の日課は、最下位を確認するだけではなくなった。

『８４９０８位　エッセン』

ようやく見つけた俺の名前は、以前では考えられないほど高い順位にあった。

「よっしゃぁあ！　ついに８００００位台に載ったぞ！」

良い調子！

とはいえ、まだまだ上にはたくさんいる。しかも、全員がボスを討伐できる強者だ。ここから先、無才はいない。

「おいおい、あいつエッセンだろ……？　万年最下位の」

「四年間も最下位だったのに、なんで突然……」

「80000位とか数日で上がれる順位じゃねえぞ⁉」

俺を馬鹿にしていた奴らが驚いている。

朝の冒険者ギルドは人が多いので、俺の声が聞こえていたらしい。

もう今までの俺じゃないぜ！

「まだ上には八万人以上か……ははは、ワクワクするな」

ボスを倒したが、まだ初級冒険者だ。

まずは中級と呼ばれるようになる50000位のボーダー。そこを目指そう。

《白霧の森》の魔物から取れるスキルは全て最大まで上げたので、もう用はない。

「次はEランクダンジョンだよな。他のFランクに行くのはなんか違うし」

迷宮都市の周辺には様々なダンジョンがあるので、選択肢は意外にも多い。

もう少しFランクダンジョンで肩慣らしをするのもいいが、俺は早く上に行きたい。

「すぐに行ける場所にあるのは、たしか三つかな？」

できれば日帰りできる場所のほうがいいよな……。

こういう時は冒険者ギルドの受付だな！

冒険者登録の時に訪れたが、長らく利用していなかった。

様々な手続きや契約の受付をしているほか、冒険者のサポートなども行っている。

「わからない時は素直に聞いたほうがいいよな。ダンジョンの特徴とか教えてくれるはずだ」

列に並び、それほど待たずに俺の順番が来た。

女性の職員が対応してくれる。

「お待たせいたしました。受付のエルルでございます。ご用件をお聞きします」

「Eランクダンジョンに行きたいんですけど、どこかオススメの場所はありますか？」

「Eランクダンジョンの攻略は初めてですよね？」

「はい、そうです」

「かしこまりました」

彼女は軽く頷いて、立ち上がった。

さすが、ギルドの受付嬢は所作が綺麗だ。

ギルドの職員は財神の領分だ。戦闘を生業とし荒くれ者も多い冒険者とは違い、理知的な印象を受ける。

受付嬢に熱を上げる冒険者がいるのも納得だな。

「Eランクダンジョンは数も多いのですが……」

特にエルルさんは、美しい赤髪と大人びた表情も相まって、手放しに綺麗だと言える女性だ。

凛とした表情で、隙がない。完璧な大人の女性という感じ。

彼女は棚から取り出した資料を俺の前に並べた。

「ギフトによって得手不得手はありますが、初めての方は《安息の墓地》がオススメですね。アンデッド系の魔物が出現します。動きが遅く、聖水や聖銀を準備すれば比較的安全に対処できます」

アンデッドか……。うん、ナシだな。

だって死体だろ？　さすがに食べたくない。いや、この選び方もどうかと思うけど、死活問題だ。俺はこれからもどんどんスキルを増やしていかないといけないからな。

「アンデッドはちょっと……。他には何がありますか？」

「生理的に受け付けないという方も多いですよね。それでしたら《黄土の地下道》も人気ですね。Eランクでは珍しく迷宮構造となっていて、攻略に時間はかかりますが宝箱を発見できれば収入になります。ですが、ソロだと難しいでしょうか……」

エルルさんは、顎に手を当ててうーんと唸った。可愛い。

「では、《叢雨の湿原》はいかがでしょうか。あまり人気がないので競争も少ないですし、難易度もEランクの標準程度ですね。素材が不足気味なので、高値で売れます」

「おお！　人が少ないのはいいですね」

「では、資料をお渡ししますね。場所や魔物の種類、注意点についても書いてありますので」

「ありがとうございます。相談してよかった」

やはり悩みはプロに頼るのが一番だな。

《黄土の地下道》は人気だという話なので、戦っている姿を目撃される可能性がある。魔物のような見た目になったり、魔物を食べたりするところを見られるわけにはいかない。

「……あの」

お礼を言って離れようとした時、エルルさんが声を発した。

「エッセンさんですよね？」

「え？　そうですけど……」

　名乗った覚えはない。

「申し訳ございません。受付嬢は冒険者から頼まれたこと以外は干渉しないのが慣例なのですが……心配で」

「ああ」

　彼女は俺のことを知っていたのか。まあ、この初級冒険者ギルドでは悪い意味で有名だ。悪名は無名に勝るというが、万年最下位だった俺を知っている者は多い。

「エッセンさんがランキングを上げているのは知っています。四年間頑張り続けていたことも。だからＥランクに挑戦できるようになったことは、私個人としてもギルドとしても喜ばしいことなのですが……」

「いきなり上がったから、ですよね」

「はい……。あ、詮索するつもりはないんです。でも、調子よくランキングを上げている時が一番危険です。特に、初めて挑戦するダンジョンは不意の事故が起きることも多いですから」

　彼女の言葉にはっとする。

　たしかに、俺は調子に乗っていたかもしれない。準備も下調べもなしにボスに挑んだのはつい昨日のことだ。

　結果的に勝てたからいいものの、もし大ケガを負ったりしたらポラリスに追いつくことは不可能だ。最悪の場合は死んでいた可能性もある……。

「ご忠告、ありがとうございます。気を付けます」

「はい。お願いしますね。……ご武運を」

最後に、旅神と同じ決まり文句を言って、俺を送り出してくれた。

よし、しっかり準備して《叢雨の湿原》に挑もう！

資料を参考に物資を購入（こうにゅう）してから、《叢雨の湿原》に向かうことにした。

森よりも遠く、馬車を利用するのが一般（いっぱん）的らしい。

「《フォレストラビットの健脚（けんきゃく）》」

ぞわり、と膝（ひざ）から下に白い毛が生えて、俺の足を強化する。

このスキルを使うと足が一回り太くなるので、短パンを穿（は）くことにしている。

「走ればすぐ着くよな。節約節約……」

馬車はお金がかかるので、自力で行くことにした。

フォレストキャットから収穫（しゅうかく）した茸（きのこ）を売ったおかげで潤（うるお）った財布（さいふ）は、湿原のための準備でまた空っぽになった。

初めて行く場所だから、なにかと入り用なのだ。

資料を参考にして、色々と買い込（こ）んだ。

湿原特有のものとしては、雨が降るので動きやすい外套（がいとう）を羽織っている。また、薪（まき）の入手が難しいので燃料となるものをいくつか、マジックバッグに入れた。

他にもポーションや解毒剤（げどくざい）、水に食料など、入念に準備した。

それらは全て、ボス討伐報酬（ほうしゅう）であるマジックバッグに収納した。

結構入れたのに、見た目は何も入っていないように見える。重さもない。

さすが、冒険者の必須アイテムだ。

「とーちゃくっ」

馬車代を節約した上に、《健脚》のおかげでかなり時短できた。疲れもほとんどない。

「改めて思うけど、便利なスキルだよな……」

汎用性が高くて助かる。

『ここから先はEランクダンジョンです。進入しますか？』

「はい」

『ご武運を』

いつものやり取りをして、結界を通り抜ける。

「ここが《叢雨の湿原》か……」

資料で読むのと実際に見るのとでは大きな違いだ。

うっすらと霧がかかり視界が悪く、肌に湿気が張り付く。背の低い植物が多く、藪や蔓が群生している。

土はぬかるんでいて、油断すると足を取られそうだ。

「これは、人気がない理由がわかるな」

道も狭くて足場が悪い。戦闘に不向きなダンジョンだ。

ジメジメしていて気持ちも良くない。

「まあ、俺には都合がいい」

フードを被って、歩みを進める。

「《健脚》《大牙》《吸血》《鋭爪》」

足に、口に、手に、森の魔物たちの力を宿す。

今のところ、全てのスキルを同時に使っても問題なさそうだ。あまり長く使用していると疲れてくるが、一度や二度の戦闘では困ることもない。

「シャー」

「こいつは……ウェランドスネーク！」

ウェランドスネークは、人間を丸呑みできるほどの巨大なヘビだ。

牙には麻痺毒があり、噛まれれば動けなくなる。麻痺してしまうと、あとは丸呑みされるのを待つだけだ。

「魔物が状態異常中心なのも、不人気の理由だよな……」

「シャァアア」

ウェランドスネークが地面を素早く這って接近してくる。

スネークは藪の中でも構わず移動できるのに対し、俺の行動範囲は狭い。そのうえ、慣れないと蛇行する動きは先読みしづらい。

「噛まれるのだけは回避しないと……一応、解毒ポーションも買ってきたけど使わずに済むならそれに越したことはない」

スネークは牙を剥きだしにして、俺に跳びかかった。

牙からは紫色の液体が滴っている。

「どっちが先に喰うか、勝負だ」

《鋭爪》を構え、迎え撃つ。

五指から伸びた爪は、まるでナイフのように長く、鋭い。昨日フォレストラビットに試した時は、ひと撫でで首を切り落としたほどだ。

攻撃手段が《大牙》しかなかった俺にとって、非常に有用なスキルだ。

「遅えよ」

「シャ⁉」

横にステップして回避。俺の横を通り過ぎていくスネークに、すれ違い様に斬撃を放つ。

ヘビの横顔に五本の爪痕が刻まれた。だが、まだ浅い。

「シャァア」

スネークは、すぐに戦術を切り替えてきた。

突進した勢いのまま、今度は俺を囲うように身体を捻る。尾が俺に絡みつき、一気に締め上げた。

「……っ！」

慌てて跳躍しようとする。しかし、ぬかるみに足が沈み、あまり跳べなかった。

瞬く間に、スネークの身体に閉じ込められる。締め付けが強くなり、骨が悲鳴を上げた。

「シャー」

勝ち誇ったように、舌をちろちろと見せた。

「いいのか？　腹を俺の目の前に出して。――いただきマスッ」

悪いが、俺のメインウエポンはスネークと同じ牙だ。

口を大きく開けて、剥きだしの腹に噛みついた。

『スキル《ウェランドスネークの毒牙》を取得しました』

おお、牙のスキルが一つ増えた。

すぐさま発動する。

「シャ⁉」

スネークは慌てて俺を殺そうとするが、もう遅い。

自分の毒でも有効だったようで、俺の牙から注ぎ込まれた麻痺毒がスネークの身体を侵し、身体の自由を奪った。

「ふう……。結構危なかった……」

さすがEランク。森とは比べ物にならないほど強力な敵だ。

スネークにトドメを刺し、口元を拭う。

「ごちそうさん」

こうして、初戦は無事勝利を収めた。

ポーションと、念のため解毒ポーションを飲んで少し休憩する。

「たしかウェランドスネークは皮が売れるんだよな。……上手く剥がせるかな」

解体用のナイフの切っ先を刺して、慎重に剥がしていく。

ていうか、噛みついたせいでだいぶ損傷しているな……。傷がある部分は捨て、綺麗な部分のみ剥ぎ取る。

「よし、こんなもんでいいだろ」

お世辞にも綺麗とは言い難いが、なんとか剥がすことができた。

薄いヘビ皮をマジックバッグに入れる。

「時間はまだ大丈夫そうだし、先に進んでみよう」

《叢雨の湿原》は奥に進むと解毒ポーションの素材となる毒草が採取できる。

そのままだと舌が痺れる程度の軽い毒を持つ草だが、ポーションにすることで様々な毒に対応できる汎用性の高い薬になるのだ。

毒が変じて薬になる、ってことだな。

余談だが、ポーションを作るのは技術と創造を司る技神のギフトを受けた職人たちだ。

「あった、これが毒草か」

《森》の薬草よりも高く売れるので、しっかり採取していこう。

根付きが条件なので、根っこごと引き抜く。根も有用らしい。

「マジックバッグはほんと便利だな……。小サイズでも結構入るぞ」

もし普通の収納袋だったら、背嚢でも足りない量がすでに入っている。

「上級冒険者が使う大サイズのマジックバッグだと、大型の魔物が丸ごと入るらしいからな……。いったいどんな容量なんだ」

旅神がもたらす神器の一種だとされている。

神器とはそれぞれの神が作り、人間に与える道具のことだ。ランキングボードも旅神の神器に当たる。

どれも冒険者に必須の道具だな。

「げろげろ」

「ウェランドフロッグ……！」

毒草を採取していると、カエルの魔物が現れた。カエルにしては大きく、動物の猪くらいの大きさである。

紫と赤の色が入り混じった体色が毒々しい。見た目通り毒がある。

「げろ！」

攻撃方法は主に舌だ。

体長の三倍ほどもある長い舌を伸ばして、鞭のように振るった。

「《健脚》」

唾液には毒があるので注意する必要があるが、速度はそれほどでもないので余裕を持って避ける。

《森》におけるラビットのような立ち位置の、弱い魔物だ。

「舌が伸びるのはここまでかな……。《鋭爪》」

間合いを見極め、バックステップでギリギリで避ける。

そして、カウンターで舌を切り裂いた。

「げろぉおお」

「気の抜ける悲鳴だな……」

慌てて引っ込む舌を追いかけるように肉薄する。

素早く脚を切りつけ、逃走を防ぐ。

「《大牙》――いただきマス」

がぶり、と隙だらけの背中に喰らいついた。

『スキル《ウェランドフロッグの水かき》を取得しました』

おし、今回もしっかりスキルをゲット。

「うげ、ぬめりがあって気持ち悪……うっ、がッ」

直後、喉が焼けるように熱くなった。

腹が捻じ切れそうなほど痛い。全身の血が沸騰するようだ。

「あがっ、あっ……ポ、ポーション……」

マジックバッグに手を突っ込み、おぼつかない手つきで瓶を取り出す。

解毒ポーションを一気に呷ると、身体が楽になった。ポーションも合わせて服用する。

「はぁ、はぁ……」

そりゃそうだ！　あんな毒々しい身体に毒がないわけがなかった！

魔物に直接喰らいつくことに抵抗がなくなっていたので、思考停止していた。

《魔物喰らい》の効果によって腹を壊すことはない。だが、毒は有効だったらしい。

スネークは毒があるのは牙だけだったから、直接齧っても問題なかった。

だが、被食者たるフロッグは、身体に毒を持っているらしい。

資料にも書いてなかった。まあ、誰も食べようとしないわな……。

「即死するような毒じゃなくてよかったな……」

受付嬢のエルルさんに言われたことの意味を、きちんと理解していなかったと言える。

Eランクの魔物はただ強いというだけじゃない。Fランクダンジョンとは違う、様々な危険があるのだ。

冒険者は危険と隣り合わせだ。

あらゆる可能性を考慮して動かないといけない。

まだまだ初心者だな、俺は。

「しかし、《水かき》か。てっきり舌のスキルだと思ったけど違ったか」

いや、あんなの使えても困るけど。

指の間に薄い膜ができて、カエルの手のようになっている。

皮膚もうっすら緑色で、指先は吸盤だ。

「んー、まあ泳ぐ時に便利そうかな？　今のところは必要ないな」

水中のダンジョンがあったら使えるかもしれない。

正直、ウェランドフロッグはこれ以上食べたくない。また死にそうな目に遭うのは御免だ。

レベルを上げる必要性も感じないので、次からは避けよう。

フロッグからは特に有用な素材は取れない。

厳密には胃袋が一部の好事家に食べられているらしいが、解体が難しいのでパスだ。

「よし、次に行こう」

危なかったけど、このくらいで足を止めるわけにはいかない。

少し移動すると、三種類目の魔物と遭遇した。

「キュルルル」

「ウェランドリザードか！」

トカゲの魔物だ。

特徴的なのは、二足歩行をしているということだ。

人間のよう……というと大げさだが、発達した二本の脚で身体を起こしている。

前傾姿勢で、前脚は短く小さい。後ろ脚が発達する代わりに前脚が退化しているようだ。

身長は俺と同じくらい。

「二足歩行してる意味ある？」

「キュル」

素朴な疑問を口にすると、少し怒ったように唸った。言葉はわかっていないだろうけど、馬鹿にされたのは感じたらしい。

「リザードに毒はない。攻撃方法はたしか……」

「キュル！」

資料の情報を思い出していると、ウェランドリザードが駆け寄ってきた。

移動速度は見た目よりも速い。

身構える俺に向かって、背中を向ける。

否。

「尻尾による攻撃か！」

ウェランドリザードの尾の先は、ナイフのように鋭い。尾を中心に十字形に刃が生えているのだ。

尾は根本が太く、先が細い。胴体と同じくらい長くて、尾でバランスを取っているため二足歩行ができるようだ。

「《健脚》《鋭爪》」

色々とスキルを手に入れた俺だが、防御方面はまったく成長していない。

戦闘方法は回避が主体だ。

「よし、問題なく避けられるな」

実質Dランクのフォレストキャット相手でも危うげなく避け切ったスキルだ。

足場にも慣れてきたことだし、余裕だな。

「《大牙》……硬っっ！」

尾を掻い潜って肩に噛みついたが、鱗が思ったよりも硬かった。

《大牙》の性能でゴリ押し、無理やり噛みちぎる。

『スキル《ウェランドリザードの刃尾》を取得しました』

スキル取得を確認して、《鋭爪》で首を刎ねる。

単純な切れ味で言えば、牙よりも爪のほうが優れている。

「尾による攻撃と、鱗の防御か。剣士系のギフトだと結構厄介な魔物だな。さて、今回のスキルは……《刃尾》」

どれどれ……と思って使用してみると、ズボンを突き破って尾てい骨のあたりから尾が生えてきた。

「……こうなったか」

外套まで破れなくてよかった。めくってみると、リザードのそれと瓜二つの尾が地面まで垂れている。リザードよりも少し小さいか？

先端から中央まで沿う刃も健在だ。

「ちゃんと感覚があるな……。それに、動かせる」

不思議な感覚だ。

人間に尾なんてないからな……。でも、慣れたら自由自在に動かせそうだ。

「便利だとは思うけど、いよいよ人間から離れていくな。……今さらか」

どうせなら硬い鱗が欲しかったなーと思いつつ、リザードから鱗を剥ぎ取る。

尾の先も切り落としてマジックバッグに入れた。

「まだ三体しか倒してないけど、初めての挑戦だし、これで終わりにしよう」

ずっと気を張っていたから、自分が思っている以上に疲れていると思う。

もう少しスキルレベルを上げたい気持ちを抑え、《健脚》を使い迷宮都市に戻った。

剥きだしの尻を外套で隠しながら……。

ていうか、《ウェランドリザードの刃尾》を使おうと思ったらズボンの犠牲とセットなの……？

最初から穴が空いているものを穿いておくべきかもしれない。

「宿に帰る前にギルドで素材を売らないといけないのに……丸出しなんて……」

くっ、思わぬ弊害だ。

《刃尾》は非常に強いスキルだが、こんな問題があったとは。

両手と口に加えて、尾まで武器として使えるようになれば戦略の幅が広がる。

……のはいいけど、ほんとどうしよう。

「服屋に寄っていくか？」

俺の下宿先は、迷宮都市の下級地区の外れにある、とびきり安い宿だ。

その分、ギルドからは少し距離がある。

「いやいや、服なんてそんな頻繁に買うものじゃないし……」

下級冒険者の生活はギリギリなのである。

「仕方ない。誰にも見られないことを祈ろう」

迷宮都市の門を通り抜け、その足でギルドに向かった。

もし誰かに見られれば、万年最下位から露出魔にクラスチェンジだ。

万年最下位のほうがまだマシかもしれない。不名誉すぎる。

「嫌だぞ、上に上がった時に露出魔なんて二つ名を付けられるのは」

俺もポラリスの【氷姫】みたいにカッコイイやつがいい。

二つ名は、上級冒険者に上がり目立った功績を打ち立てた時に旅神から与えられる。冒険者としての一つの到達点であり、非常に名誉なことだ。

いつか二つ名が欲しい。そういう思いで冒険者になる者も多い。俺もその一人だ。

「あっ、エッセンさん」

ギルド前に到着すると、ちょうど出て来た受付嬢のエルルさんと鉢合わせた。

受付嬢の制服姿ではなく、ロングワンピース姿だ。

いつもは軽くまとめている赤髪も、今は無造作に下ろされている。

「エルルさん！」

「お疲れ様です。ダンジョン帰りでしょうか？」

「はい。エルルさんのおかげで、無事に帰って来られました」

「いえ、私は資料を渡しただけですので。でも、無事でよかったです」

彼女からしたら、受付嬢として当たり前の業務をしただけだろう。

だが、彼女の忠告がなかったらもっと調子に乗っていたと思う。だから、エルルさんのおかげだ。

「エルルさんは仕事終わりですか？」

「はい。今日は早番ですので。あ、申し訳ございません。このようなお見苦しい格好……」

「そんな、お似合いです」

「ふふ、ありがとうございます」

エルルさんは少し照れたように前髪をいじった。

受付嬢の制服を着たエルルさんは、仕事のできる完璧な女性という印象だ。

しかし私服姿は、当たり前だけど普通の女性だった。どこか優しい雰囲気を醸し出している。

というか、受付嬢のプライベートな姿とか結構レアなのでは……？　いいタイミングで帰ってきたみたいだな。

「ギルドには素材を売りに？」

「ええ、毒草がたくさん採れました。それと、ヘビ皮も」

「そうなんですね」

オフの受付嬢と楽しく会話。冒険者なら憧れるワンシーンだ。

だが、思い出してほしい。

俺は今、ズボンに大きな穴が空いているのだ。

まずい……。露出魔どころの騒ぎではなく、ほぼ痴漢だ。

エルルさんを前に尻をむき出しにしているなど、絶対気づかれるわけにはいかない。

「……？　どうかしましたか？」

「ぜんぜん、なにもないです。別に俺は変態じゃないです」

「変態だとは思っていませんけど……」

エルルさんが胡乱（うろん）げに眉（まゆ）を寄せる。

その時、救世主が現れた。

「エルルー、お待たせ……って、あら？」

受付嬢の同僚（どうりょう）だろうか。

ギルドから出て来た女性が、俺とエルルさんの顔を交互（こうご）に見て首を傾（かし）げた。

「あらあら、あなたはたしかエルルの推（お）しの……」

「おし？」

「ちょっと、なに言ってるんですかぁ！」

からかうように言った女性を、エルルさんが慌てて止める。

何の話だろうか。

まさか、ギルド職員の間でバカにされてるんじゃ……。まあ、それも仕方ないか。四年間も最下位だったのだから、数日調子いいくらいじゃ評価は変わらないだろう。

今後の活躍（かつやく）で見返すしかないな。

「えーいいじゃん。エルルいっつもその話してるんだし。腐（くさ）らずに頑張ってるのが可愛いって」

「ほ、本人の前では言いませんよ」

「そんなこと言って、ちゃっかり距離詰めようとしてるし」

「たまたま会っただけですっ！」

密かに決意を固める俺をよそに、二人は小声で何か話している。

あの、もう行っていいですかね？

「そっかそっか。まあそういうことにしといてあげよう。じゃ、ごゆっくり〜」

「え」

「あ、そこの君。エルルは冒険者のサポートをするのが生き甲斐みたいな子だから、困ったことがあったら聞くといいよ」

そう早口で俺に言って、彼女は去っていった。

なんだったんだ……。

「ごめんなさい。良い先輩なのですが、少々思い込みが激しいところがありまして。あまり気にしないでくださいね」

「そうなんですね。でも、エルルさんが頼りになるのは間違いないです」

「ギルドの受付嬢ですから」

「はは、さすがです」

受付嬢の姿とはまた違った一面を見せるエルルさんと、こういう状況じゃなかったらもっと話したかった。

しかし、身体を覆う外套が万が一めくれたりしないように押さえるので必死である。会話に集中できない。

「じゃ、じゃあ俺はこれで」

「はい。引き止めて申し訳ございません。あっ、そうだ」

「はい？」

「明日の朝も、お時間があれば受付によってくださいね」

「明日、ですか？　ええ、ギルドには行く予定です」

「かしこまりました」

最後まで丁寧（ていねい）なエルルさんと別れて、ギルドに入る。

ふう、なんとか持ちこたえたぞ……。

素材を売って、いつもより温かい財布と寒い尻を抱（かか）えながら、宿に帰った。


翌日。

『84832位　エッセン』

「さすがに、三体倒しただけじゃあまり上がらないか」

Eランクダンジョンに挑戦しているのは、初心者を卒業した冒険者たちだ。

中にはもう少しで中級に上がれる、という者たちまでひしめいている。簡単には上がれない。

「でも、着実に上がっている」

強くなっている実感とともに、その結果が数字として現れる。

楽しくて仕方ないな。

「そういえば昨日、エルルさんが何か言っていたような……。受付に行けばいいのかな？」

受付のカウンターにちらりと視線を向けると、エルルさんがテキパキと仕事をしていた。

制服姿の彼女はできる女、といった風貌で、隙のない完璧な笑顔とぴんと伸びた背筋が印象的だ。

昨日の私服姿は、同じ人なのにどこか柔らかい雰囲気だった。

どっちの姿もとても魅力的で、きっとモテるんだろうなぁ。

「お待たせいたしました。エッセンさん」

順番待ちをすると、すぐに俺の番が回って来た。

「今日も順位が上がっていましたね。おめでとうございます」

「え、ありがとうございます。見てくれたんですね」

「最近はエッセンさんの順位を見るのが楽しみなんです」

心なしか、少し親しげになった気がする。

エルルさんはこほん、と小さく咳払いをして、

「ご足労いただきありがとうございます。お呼びした理由は二つありまして……。まずはこちらのお手紙をどうぞ」

「これは？」

「ユア様という方からお預かりしました」

ユアからの手紙か。

フォレストウルフに襲われていたところを助けた女性だ。流行り病に効く茸を取ってきてあげたんだよな。

それを持って実家に帰って行ったユアから、連絡が届いたようだ。

「ありがとうございます」

「いえ、これも受付嬢の仕事ですから」

淡々(たんたん)と言うエルルさん。カッコイイ。

手紙を開いてさっと目を通す。

お礼と、母の容態(ようだい)が安定したこと。豊神に改宗し直したので、農家に戻ることなどが書かれていた。

今は母の看病で手が離せないが、落ち着いたらきちんとお礼をさせてほしい、という言葉で締められている。

俺としては彼女のおかげで成長できたので、お礼は言葉だけで十分だ。

でも、それでは気が済まないというのなら、そのうち野菜でも貰(もら)おう。

余談だが、一度改宗して戻した場合、ギフトは以前と同じものになる。取得したスキルなども元通りだ。

「お付き合いされているんですか？」

エルルさんが口の横に手を当てて、小声で聞いてきた。

「違いますよ。ちょっとした縁(えん)で採取依頼(いらい)を受けたんです。そのお礼ですね」

「そうだったんですね。てっきりギルドを通じて文通しているのかと」

「新しいですね……」

「そうでもないですよ？」

なんでも、冒険者は所在がわからなくなることも多いから、ギルドに預けるのが一番確実なのだとか。さもありなん。

ユアとは一度、いや二度かな？　会っただけだし、これからも関わることはほとんどないだろう。今は恋愛なんてしている場合じゃないしな……。興味がないとは言わないが、冒険者ランキングを上げるので精一杯だ。他のことに現を抜かしている余裕はない。

「それで、もう一つの用事って」

「はい。エッセンさんに一つご提案がありまして」

「提案？」

「クエストを受けてみませんか？」

聞きなれない言葉だ。

いや、知識として聞いたことはある。しかし、四年間で縁がなかったために詳しくは知らない。

「えっと、たしかクエストって……」

「ご説明いたしますね。まず、ダンジョンは旅神が作ったものだということはご存じですよね」

「はい。魔物を閉じ込め、俺たち冒険者に倒させるためだとか」

「そうです。魔物……つまり魔神の眷属を封じ込めるためにダンジョンが存在します。ダンジョンができる前は、世界中のどこでも魔物が闊歩していたそうですから、旅神のおかげで平穏が保たれているわけです」

そういう伝承ってだけですけどね、とエルルさんは笑った。

「しかし、ダンジョンの結界は完全無欠ではありません。魔物が増えすぎると、結界が破られてしまう可能性があります。そうなれば、世界が危険に晒されるのです。そうならないために、旅神の加護を受けた冒険者が討伐しているのです」

　魔神という、神々に反旗を翻した悪神に対抗するため、そういうシステムを作り上げたと言われている。

　ダンジョン、そして迷宮都市と冒険者は、魔物から世界を守るために存在しているのだ。

「それで、ここからが本題なのですが……クエスト、あるいは神託や試練などと言われる、旅神からの討伐依頼があるんです。魔物が討伐されず増えすぎたダンジョンに、積極的に冒険者を動員するためにあると言われています」

「なるほど」

　ダンジョンはいくつもあるが、どうしても冒険者は楽に稼げるダンジョンに集中する。

《地下道》のように人気のダンジョンもあれば、《湿原》のように不人気のダンジョンもあるわけだ。

　不人気のダンジョンは魔物が増えすぎてしまう可能性がある。

「もちろん、人気のないダンジョンはそれなりの理由があるので、メリットがなければ冒険者は近づきません。そのため、クエストをクリアすると貢献度が多く獲得できるのです」

「おお！　それはいいですね！」

「ランキングを上げているエッセンさんにはぴったりだと思いまして、ご紹介しようかと思ったのです」

「エルルさんには気を遣っていただいて、頭が上がりませんよ……」

　魔物討伐以外でも貢献度が稼げるなんて、願ってもない情報だ。

　わざわざ紹介してくれるなんてありがたい。教えてもらえなければ、気づきもしなかったことだ。

「冒険者のサポートは受付嬢の仕事ですから」

いつものすまし顔で、エルルさんはそう言った。

……心なしか、少しどや顔で胸を張っている気がする。

「《叢雨の湿原》のクエストもいくつかありますけど……」

「受けます！」

「かしこまりました」

昨日言わなかったのは、俺に無理をさせないためだろう。クエストを受けていたら、引き際を誤っていた可能性もある。問題なく帰って来たのを確認してから紹介してくれたわけだ。

つくづく、完璧なサポートだ。

俺は魔物の討伐クエストを受け、ギルドを出た。

「よし、とーちゃく」

迷宮都市からひとっ走りして、《叢雨の湿原》に辿り着いた。

結界を抜け、ダンジョンに入る。

「今日は《ウェランドリザードの刃尾》と《ウェランドスネークの毒牙》のスキルレベルを上げたいな」

フロッグはやめよう。死にたくない。死ななくても苦しいし、大いに隙を見せることになる。

《水かき》のレベルが低くて後悔することもあるかもしれない。そう思うと貧乏性の俺はレベルを上げたくなるけど……。

「毒のない部位とかあるか調べてみるか」

諦めきれない俺であった。

「えーっと、たしかクエストはリザードの討伐だったよな」

不人気のダンジョンは魔物の間引きが足りなくなる。それを解消するために、旅神がギルドを通じてクエストを出すのだ。

今回、俺が受けたクエストはウェランドリザード十体の討伐。報酬は、その十体に限り貢献度が二倍になる。

「めちゃくちゃ良い報酬ってわけじゃないけど、元々来るつもりだったから嬉しいよな」

高難易度だったり緊急性の高いクエストの場合はもっと報酬が良くなるらしい。場合によっては、オンリーワンな神器が手に入ることもあるのだとか。

「キュルル」

「キュル」

《湿原》を探索していると、リザードが二体、藪の中から飛び出してきた。

「お、さっそくお出ましだな。しかも二体か」

《森》の魔物は群れることはなかった。

このあたりも、Eランクになり強くなったポイントか。

二体のリザードは、俺を挟んで対角に立った。尾の先を俺に向け、警戒している。

「挟み撃ちか……。練習の成果を発揮できそうだな。――《ウェランドリザードの刃尾》」

俺の腰から、リザードと同じ尾がにょきにょきと生えてくる。こうして比べると、一回り細い。

今回はズボンを突き破るようなことはない。

《刃尾》を使用できるように、腰布を巻き、尾を通す場所には予め切れ込みを入れたのだ。

昨晩の練習の甲斐あってか、スキルを使用し、単調な攻撃をするくらいの操作はできるようになった。

「尻尾なら俺にもあるんだぜ」

「キュルルル」

生まれてから十六年経って、まったく新しい部位が増えるとは思ってなかったけど！

「《鋭爪》《健脚》」

いつもの組み合わせを瞬時に発動する。

同時に、二体のリザードが地面を蹴って跳躍した。

タイミングを合わせて、上空から尾を俺に叩き付ける。

「よっと」

軽くステップして挟撃を回避。

カウンターとして、一体に《刃尾》で切りつける。

《刃尾》は太さ、長さともに腕と同じくらいだ。そして、腕でたとえると肘から先くらいの範囲に刃がついている。

斬撃にも突きにも使える、第三の腕だ。

「キュル⁉」

「まだ浅いか。結構難しいんだよな」

死角に入られないように注意しながら立ち回る。

尾による攻撃は変則的で、間合いを読みづらい。踏み込みすぎないよう、余裕を持って回避する。

「尻尾の使い方上手いな。俺にも教えてくれよ」

しばらく二体とダンスに興じていたが、カウンターによるダメージが蓄積してきたのか、動きが鈍ってきた。

俺へのダメージはない。

「そろそろかな……。《毒牙》《大牙》」

二体いる場合、一体を食べている間に襲われる。

だから、《ウェランドスネークの毒牙》による麻痺毒で、一体の動きを止めた。

二体のリザードの尾は既にボロボロで、反撃する体力はない。

「じゃ、ゆっくりと……いただきマス」

毒がないから安心して食べられるな！

味も、ちょっとドブ臭いけど他の魔物と比べると全然マシだ。最近、舌がバカになってきたのか味がよくわからないけど。

『スキル《ウェランドリザードの刃尾》がレベル4に上がりました』

旅神の声が響く。

順調にレベルも上がっているようだ。

「この調子でクエストを終わらせるぞ！」

《健脚》による移動速度の上昇と、攻撃手段の増加によって、狩りの効率は以前とはけた違いだ。

今日は毒草の採取はなし。討伐のみに集中した。

一日中《湿原》を駆け回り、ひたすら魔物を探し、狩る。そして喰らう。

陽が赤くなってきたころ、十体目のリザードを倒すことに成功した。

「これで……十体目！」

『クエストを達成しました。《ウェランドリザード十体討伐》』

『貢献度が加算されます』

「うぉ⁉　そういうシステムなのか」

予期しないタイミングで声が響いたので、つい肩が跳ねる。

旅神はずいぶんと勤勉だな。ちゃんと見てくれているわけだ。

とはいえ、無事にクエストを終えることができた。

「《毒牙》と《刃尾》のレベルも上がったし、今日はかなり調子よかったな！」

ちなみに、フロッグは一度だけ挑戦してレベル3まで上がっている。手には毒がないことがわかったので、次からは積極的に狙っていこう。

「あと二、三日あればレベル上げが終わりそうだ。そうしたら次は別のダンジョンだな！」

いつまでも下級でいるわけにはいかない。

あいつに追いつくために。

四章　【炎天下】キース

【氷姫】ポラリスは、Aランクダンジョン《破軍の火山》に来ていた。

「エッセンがもうすぐ上がって来るのね」

いつもクールで無表情。二つ名の示すとおり、氷雪のごとき美しさと冷たさを持つ少女は、見るからに浮かれていた。

心なしか口角が上がり、軽やかなステップに合わせて美しい銀髪が跳ねる。

身体から自然に放たれる氷の結晶が、キラキラと光を反射した。

「ならエッセンが来るまでに――」

彼女が対峙しているのは、人の身の三倍以上の巨躯を持つマグマの巨人、ヴォルケーノゴレム。

並みの冒険者では……否、上級冒険者でも近づくことすらできない凶悪な魔物だ。

「ランキングを上げたいわね」

ピキ、と甲高い音が洞窟内に響き渡った。

ポラリスが腰から引き抜いたレイピアが触れた瞬間、ヴォルケーノゴレムの腕が凍り付いたのだ。

動くマグマの塊が、である。

ポラリスから放たれる冷気がゴレムの身体を蝕み、氷像へと変えていく。腕から侵食した氷が、やがて全身を包み込んだ。

「さようなら」

パリン、と大きな音を立てて、ゴレムの身体は声もなく崩壊した。ただの石塊となり、足元にごろごろと転がる。

エッセンと同日に冒険者となり、わずか四年で冒険者ランキング9位まで駆け上がった天才。

旅神から与えられたギフトは《銀世界》――いわゆる剣士系と魔法系の複合ギフトだった。

世界そのものを凍り付かせる氷雪と、世界をも切り裂く銀色の刃。それが彼女の武器だ。

「《火山》も簡単ね」

事もなげにそう呟いた。

溶岩が流れる火山内部にもかかわらず、汗一つ掻いていない。彼女の周囲は《銀世界》そのものだ。世界を顕現させる強力なギフトによって、あらゆるものを凍り付かせる。

一歩踏み出すたび、雪が絨毯のように広がって彼女の道を作る。

さながら、氷の精霊王にエスコートされているような景色であった。

ポラリスがパーティを組まない理由の一つがこれだ。

戦闘中は周囲が氷漬けになるので、集団戦闘に向かないのだ。

「ゴゴゴゴゴゴ」

もっとも――。

「遅いわ」

彼女に、仲間など必要ないのだが。

溶岩に擬態していたヴォルケーノゴレムが飛び出した瞬間、氷像に変わった。

「他愛ないわね」

Aランクダンジョンに対してそう言えるのは、上級冒険者の中でも十傑かそれに準ずる実力者だけだろう。

特に《破軍の火山》は環境の過酷さも相まって、ほとんどの冒険者は近寄らない。

「この調子なら、エッセンが上がって来る前に一つくらい順位を上げられるかしら」

冒険者ランキング上位十名……通称《十傑》は、突出した才能と実績を持つ化け物の集団だ。ベテランも多く、本来ならそうそう順位が変わることはない。

しかし、ポラリスは短い期間で十傑に入り、そして9位にまで上がった。さらに上昇するのも時間の問題だと、本人も十傑たちも思っていた。

「ふふ、私とエッセンが1位と2位をいただくわ。もちろん、私が1位ね」

十傑の上位はAランクダンジョンのボスすら打倒した生ける伝説なのだが、気負うことなくそう言った。

エッセンが上がって来ることを疑ってもいない。

それは根拠のない信頼、あるいは盲信だ。

同じ村で幼少よりともに育った二人。吟遊詩人が語る冒険者の生活に憧れ、頂点を夢見た。

一度は才能の差から道を違ったが……エッセンは再び、ポラリスに誓ったのだ。ならば、信じない理由はない。

「エッセン……私はいつまでも待つわよ。ちょっと先に行っているかもしれないけれど」

ポラリスの気持ちは、恋心(こいごころ)だろうか。

おそらくは否。エッセンもポラリスも、ランキングにしか興味のないバトルジャンキーである。

ただひたむきに上を目指す。それが二人の行動原理だった。

そこに理由はいらない。

「今日は終わりにしましょう。ボスに挑(いど)むのは時期尚早(じきしょうそう)ね」

Aランクダンジョンボスの単独撃破(げきは)者は、歴史上でも数えるほどしかいない。現役の冒険者だと1位と2位の二人だけだ。

「いつかは成し遂(と)げるつもりだけれど」

レイピアを腰に戻(もど)し、火山を出た。

近くの街に移動し、そこから馬車に乗って迷宮(めいきゅう)都市に帰る。

「やあ、ポラリス」

「……ウェルネス。待ち伏(ぶ)せしていたの?」

「嫌(いや)だな、偶然(ぐうぜん)だよ」

全身を金色で包み込んだキラキラ男が、ギルドに入ったポラリスの前に立った。

最近、しつこくパーティに誘(さそ)ってくる冒険者だ。

「何度言えばわかるのかしら。私はあなたのパーティには入らない。それとも、あなたごときの実力では足手纏(あしでまと)いだと、はっきり言ったほうがいいかしら?」

「はは、手厳しいね。まあゆっくり説得することにするよ。ポラリスも、僕(ぼく)が必要だとわかってくれると思うよ。僕のギフト《聖光術師》は君とも相性(あいしょう)がいい。でもね……今日はその話じゃないんだ」

「なに？」

不機嫌さを隠そうともせず、ポラリスは眉根を寄せる。

ウェルネスは純粋な魔法系ギフトを所持し、その実力は最高峰だ。順位も二桁につけているため、自信があるのも頷ける。

「いやー、先日は驚いたよ。ランキングボードを見たと思えば、突然走りだすんだからね。そしたら、なんと下級地区に行くなんて！」

「何が言いたいの？」

「ダメじゃないか。十傑であり高貴な君が、下級地区なんて汚れた場所に行くなんて。君が汚れたらどうするつもりだい？　まあ、僕の聖魔法で清めてあげてもいいけどさ」

「尾行したの？　くだらないこと言ってないで、そこをどきなさい。もし魔法を使ったら、その瞬間氷漬けにするわ」

《銀世界》を常に纏うポラリスに汚れが付くことはないが、ウェルネスはにやけ顔で手を差し出した。

迷宮都市は大きく分けて下級、中級、上級の三地区がある。冒険者の場合はそのまま冒険者の階級だ。

下位の階級の者は、上位の地区に立ち入ることはできない。これは冒険者だけでなく、商人や職人なども、それぞれに基準によって区分されている。徹底した実力社会、格差社会だ。

「ふはは、威勢がいいね。でも、僕や君のように高貴な者にはそれなりの立ち振る舞いが求められるんだよ。下級地区に行ったり、ましてや……下級冒険者と懇意にするなんて許されることじゃない」

「……っ」

ウェルネスの笑みが深みを増した。

対照的に、ポラリスの眉間の皺も深くなる。

ポラリスは、ウェルネスの黒い噂を聞いたことがあった。目的のためなら下位の者を害することも厭わない、と……。

何人もの冒険者が、彼によって再起不能に陥れられているらしい。

「ま、慎重に考えることだね。僕はいつでも歓迎するよ」

ウェルネスはそう言い捨てて、去っていった。

＊＊＊

『76392位　エッセン』

《叢雨の湿原》に数日間通い続けた結果、三種のスキルはレベルが最大になり、ランキングが大幅に上昇した。

「ついに70000台……！　クエストのおかげだな。エルルさんに感謝だ」

環境の悪さと毒中心という戦いづらさから不人気の《湿原》。逆に言えば、クエストを受けるには穴場だった。人気ダンジョンはクエストがないからな。

不人気な分、金額的にはそれほど効率はよくなかったが、俺の目的はランキングなので問題ない。

「さて、次のダンジョンに向かうか」

次に向かうダンジョンは、既に当たりを付けてある。

先日エルルさんから候補として出された《地下道》と《墓地》は、俺の戦い方には合わない。アンデッドはさすがに喰いたくないし、地下道は狭く人が多いので戦いづらいのだ。

Eランクダンジョンは三つしかないわけではない。この三つは比較的近くにあるので、通いやすいだけだ。

少し遠出すれば、他にもあるのだ。

「すみません、馬車を使いたいんですが」

「おう、冒険者か？」

「はい」

「定期便だから中で少し待っててくれ。もう少しで出発だ」

冒険者用の乗り合い馬車は毎日運行されていて、一定の料金で利用できる。

ダンジョンは冒険者だけでなく、色々な人が利益を享受できるわけだ。

馬車で向かう先も、郊外ダンジョンの宿場として栄えた町だ。

「あ、ども」

「……万年最下位か」

「もう最下位じゃないんで」

先に乗っていた男性が、俺の顔をちらりと見て吐き捨てた。

見たことのある顔だ。オールバックにした錆び色の髪に、フード付きのローブを着ている。

下級冒険者ギルドで、俺を馬鹿にしていた奴だ。

別に、それに対して特別思うことはない。

馬鹿にすると言っても揶揄されるくらいで、特に危害を加えてきたわけでもないし。俺が最下位から上がれず四年もの時を過ごしたのは事実だ。

「ふん、ちょっと強くなったくらいで思い上がるな」

自分も下級冒険者じゃないか……とは思ったけど、余計な争いはしたくないので口をつぐんだ。

代わりに軽く肩を竦めて、なるべく離れて座る。藁を敷いただけの屋根のない馬車だ。

「いいか、Eランクは強いぞ。Fとは比べものにならない。万年最下位は大人しく帰れ」

「……もしかして心配してくれてる？」

「そんなわけあるか。万年最下位ごときが俺と同じダンジョンに行くのが嫌なだけだ」

男が着ているローブはボロボロで、お世辞にも強そうには見えない。

まあ冒険者の実力はギフトによって大きく左右されるから、見た目だけじゃわからないか。とはいえ、俺と同じ下級冒険者だ。

ちょっとイケメンなのが腹立つな。小ばかにしたような態度で魅力は相殺されているが。

「その万年最下位って呼び方はやめてくれよ。エッセンって名前があるんだ」

「弱者の名前なんて覚えるに値しないな。俺はお前と違って上に行く男だ」

「奇遇だな、俺も上に行く予定なんだよ。ところで、そっちの名前は？」

「ふん……キースだ」

無駄に尊大な態度で、男が腕を組んだ。

下級冒険者なのに、ずいぶんと自信がありそうだ。……それは俺もか。

結局、俺たち二人以外の乗客は来ないまま、馬車が出発した。

宿場町までは馬車で半日ほどの距離だ。《健脚》で走るには少々距離が遠い。

移動時間が長いため、数日は町に滞在する予定だ。近くにEランクダンジョンが一つある他、塩の生産地として有名な場所らしい。

「おい、万年最下位」

「エッセンな。キース」

「気安く呼ぶな。弱い奴に興味はない」

「じゃあなんで話しかけてきたんだよ」

たぶん移動時間が暇だったんだろうな。

キースが気まずそうに目を逸らしたことで、また会話が止まった。

しかし、移動しながらちらちら見てくる。

ちなみに、俺もめっちゃ暇だ。こっそり外套の下で《刃尾》を出して、操作の練習をしている。

「おい、お前のギフトはなんだ？」

万年最下位からお前に変わった。

「教えるつもりはないよ」

冒険者は普通、あまり人にギフトを教えたがらない。

逆に最上位の者だと、力を誇示するために広めたりすることもあるが……それはごく一部だ。

ほとんどの冒険者は秘匿体質なのだ。場合によっては冒険者同士の争いが発生することもあるし、それでなくても競争社会。情報はなによりも大事なのである。

ギルド職員が尋ねてくることもない。

「そうか。俺のギフトを知りたいか？」

「いや、別に」

「俺は《炎天下》というギフトだ」

「聞いてねぇ……」

喋りたいだけじゃないか！

なにやらどや顔しているところ悪いが、名前からはよくわからない。

旅神のギフトは多種多様で、情報も出回らないのでギフトについてはわかっていないことも多い。

「なんだか暑そうだな」

「ああ、熱いぞ」

適当に返事をしたら満足そうに頷いた。うん、それでいいならいいや……。

《刃尾》の練習をしたり、目を閉じてうとうとしたりしていると、昼過ぎに到着した。思ったより早かったな。

この時間なら、ダンジョンの下見くらいはできそうだ。

「おい、行くのか？」

「行くけど、俺もお前もソロだろ？　なるべく離れて戦おう」

「え、あ、ああ。そうだな。足を引っ張られては敵わん」

「じゃあそういうことで」

キースとちゃんと話したのは初めてだけど、威圧的な態度の割に愉快な奴だったな。

俺はEランクダンジョン《潮騒の岩礁》に向けて歩き出した。

《潮騒の岩礁》は、海に隣接したダンジョンだ。

大陸の端にあるため、馬車での移動が必要だった。

海は普通の海なのだが、浅瀬の一部と岩礁がダンジョン化していて、結界で区切られているのだ。

余談だが、Bランクには海中ダンジョンが存在するらしい。

「よし、町からは結構近いな！」

ここの町は辺境にもかかわらず、海産物と塩の生産、さらにはダンジョン目当ての冒険者と商人で賑わい、発展してきた。

そのため、町から出てすぐに海辺に出ることができるのだ。

地平線まで広がる大海原を尻目に、岸に沿ってダンジョンへ向かった。《潮騒の岩礁》はU字状の断崖絶壁に囲まれており、町からは見えない。

『ここから先はEランクダンジョンです。進入しますか？』

「はい」

『ご武運を』

足元は岩場だ。

ごつごつしていて歩きづらい。転んだらそれだけでケガしそうだな。

満潮時は全て海に沈むらしいが、今はうっすらと水が張っている程度だ。これからゆっくりと潮が満ちていく。その前にはダンジョンから出ないといけない。

かなりの広さがあり、巨大な岩がいくつもあるので見通しは良くない。

「《健脚》、っと……。うーん、ここを走るのは難しそうだな」

ぴょんぴょん跳ねて、感覚を確かめる。

《湿原》のぬかるみ以上に戦いづらそうだ。

いつも通りスキルを全部発動して、魔物に備える。苦労してレベルを上げた《ウェランドフロッグの水かき》も使い道があるといいな……。海に入る予定はないが。

「カチカチ」

「おっ、リーフクラブだったかな」

今回も事前に資料を読み込んできたので、魔物の種類については把握している。

リーフクラブは岩と同じ色をした、大型犬ほどのサイズの蟹だ。

「アンバランスな腕だな！」

「カチカチ」

俺から見て右側のハサミだけ異様に大きい。主に大きいほうのハサミで戦う魔物らしい。

リーフクラブの横歩きは意外にも俊敏で、足元の悪さをものともせずに接近した。

巨大なハサミによる叩き付け。俺は両手の《鋭爪》をクロスさせ受け止める。

「くっ……！　硬いな！　それに重い！」

ハサミ部分だけで、クラブの胴体よりも大きい。重量だけで脅威だ。

それに加え、ハサミ本来の機能もある。

「カチ」

「うぉっ！」

《鋭爪》との拮抗状態に痺れを切らしたクラブが、ハサミをガッと開いた。慌てて飛びのくと、俺がいた場所をハサミが切り裂いた。巻き込まれた岩が、一瞬にして砕け散る。

「わお、挟まれたら即死だな」

だが、ハサミにだけ注意しておけば他の攻撃手段はない。

リーフクラブはすぐさま二撃目を放ってきた。

軽く跳躍して上空に回避し、着地と同時に《鋭爪》で切りつける。

「やっぱ甲羅に爪は通らないか。なら……」

《刃尾》をリーフクラブの下に潜り込ませる。そのまま足を起点として、勢いよく持ち上げた。

「ひっくり返せばどうだ！」

続いて《刃尾》による突きだ。

《鋭爪》よりも大きく分厚い刃だ。その分鋭さは劣るが、リーフクラブのように堅牢な防御を強引に突破するならこっちのほうが良い。

「カチカチ」

腹を向けたリーフクラブはじたばたと足を動かすが、手間取っている。

《刃尾》をハサミの付け根に突き刺した。

「よしッ、効くみたいだな！」

背中とハサミ以外は比較的柔らかいようだ。

唯一の攻撃手段である巨大なハサミは、付け根が破壊されたことで動きを止めた。

「頭とか首とか挟まれたら怖いから、ちゃんと無力化しないと危険だな。さて、じゃあ……いただきマス」

《大牙》を用いて、腹に噛みついた。

表面の殻はぺっと吐き出して、中身を頂く。

「うまっ」

あまりの美味しさに思考が止まった。

足を引きちぎり、中身を吸い出す。白く甘みのある肉は、一度食べ始めると止まらないほど美味しい。

「魔物でこんな美味しいの初めてだ……」

そういえば、宿場町ではリーフクラブの肉は普通に食用として消費されているのだとか。さもありなん、これだけ美味しいのなら魔物でも食べられるだろう。可食部も多い。

『スキル《リーフクラブの大鋏》を取得しました』

おお、スキルはハサミか。

スキルの取得とか関係なく、いくらでも食べたい。

「ふう、満足満足……。明日からもたくさん食べよう」

もう時間も遅い。小手調べもできたので、今日のところは終了だ。

いつの間にか絶命していたリーフクラブを置いて、ダンジョンを出る。

宿場町は商人で賑わう町なだけあって、宿屋がたくさんあった。

どこでもよかったのだが、窓から漂(ただよ)う美味しそうなスープの香(かお)りに誘われて《サンゴ亭(てい)》という宿屋に入った。

自宅と兼用(けんよう)しているような、小さな宿屋だ。迷宮都市では何部屋もある素泊(すど)まりの宿に下宿しているから、新鮮(しんせん)だ。

普段(ふだん)と違うところに泊(と)まるのも、旅先の楽しみだよな。

中に入ると、そこは食堂だった。先客の会話が聞こえてくる。

「ふん、俺は迷宮都市でも最強の冒険者だ。ああ、Eランクダンジョンくらい余裕(よゆう)だな」

「兄ちゃんすげー！」

……なんか大ボラ吹(ふ)いている奴を発見した。

馬車で一緒(いっしょ)だったキースだ。

テーブル席で料理を食べながら、八歳(さい)ほどの少年に自慢(じまん)している。

ランキングこそ知らないが、俺と同じ下級冒険者である。最強とは程遠い。

「む」

入り口から入ってきた俺に気が付いて、キースが片眉(かたまゆ)を上げた。

そして、勝ち誇(ほこ)ったように笑った。

「見ろ、あれが俺の子分だ」

「子分……！　かっけえ！」

「フフフ、そうだろう」

キースはふんぞり返って俺を指差した。

隣に立つ黒髪の少年が、目を輝かせる。

俺、いつキースの子分になったんだ……？

昼間まで「雑魚が話しかけるな」みたいな態度だった気がするんだけど……。

「おい、何やってんだお前」

子どもの前でカッコつけたくなる気持ちもわかるけどさ……。

呆れて声をかけると、少年がさっとキースの後ろに隠れた。

「兄ちゃん、子分が来たよ！　やっちゃえ」

「ふん、いいか小僧。強者というのはただ力を誇示すればいいというものではない。子分は暴力で従わせるのではなく、背中を見せ、ついて行きたいと思わせるのだ」

「かっけぇ……！」

だから子分じゃないって。

とはいえ、少年の夢を壊すのも忍びないので放っておこう。別に害があるわけじゃない。

しかし、キースが子どもに好かれるのは意外だな。

肩を竦めて、二人から離れ、店主の前に行く。

「今日来た冒険者なんですけど、部屋空いてますか？」

「空いてるぜ。何泊する？」

「一応、三日以上はいるつもりです」

「あいよ。延長はいくらでもできるから、なるべく長くいてくれていいぜ。部屋は二階の奥だ」

「ありがとうございます」

よかった。運よく部屋が空いていたみたいだ。

料金も相場通り。朝夕の食事もついている。変な奴も一緒に泊まっていること以外は完璧(かんぺき)だな。まあ関(かか)わることもないだろう。

「いやー悪いね」

キースと少年のほうを見ながら、店主が苦笑(くしょう)した。

「あれはうちの倅(せがれ)、ニックというんだが、冒険者に憧れていてね。冒険者の人が泊まってくれたら、ああやって質問攻(ぜ)めにすんのさ」

「ああ、気持ちはわかります」

「オレも小さい頃(ころ)は憧れたもんさ。親は子に似るのかねぇ」

どこか哀愁(あいしゅう)を漂わせながら、店主がぼやく。

冒険者に憧れる子どもは多い。俺もその一人だった。

剣(けん)や槍(やり)を持ち、あるいは超常(ちょうじょう)の力を振るい、強大な魔物に立ち向かう。そんな姿に憧れて、冒険者を志すのだ。

だが、多くの者は途中(とちゅう)で諦(あきら)める。

それは周囲の大人による説得だったり、自分の才能に見切りをつけたり、他にやりたいことができたり。

理由は様々だけど、本当に冒険者になって生活していこうと思う者は少ない。

命の危険があり、収入が安定しないからだ。

華々(はなばな)しい生活を送れるのはほんの一部の上位層だけ。

残りは下級や中級のダンジョンで、日銭を稼ぐので精一杯の一生を送ることになる。現役でいられる時間は短く、年を取れば引退せざるを得ない。そして、戦うしか能のない冒険者は、引退後の仕事が見つからない。

そんな現実を知ってもなお、夢の地を追い求めるのが俺たち冒険者という人種だった。

「まあ子どものうちくらいは夢見させてやりたいものさ。本当は宿屋を継いでほしいんだけどな。あんたも、良かったら話に付き合ってやってくれないか？　おかず一品増やすからよ」

「はい、俺なんかでよかったら喜んで」

「悪いな。あ、別に冒険者のことを悪く言っているわけじゃねえよ」

「わかってます」

俺とポラリスが故郷を出る時も、散々止められたなぁ。

それでも俺たちは諦めなかったけど、それが良い選択だったのかはいまだにわからない。

あの少年、ニックは将来、どっちを選ぶんだろうな。

少なくとも俺は、冒険者になるなとは言えない。でも積極的に勧めることもしないだろうな。

俺たちにできるのは、冒険者はカッコイイ職業だってことを見せてやることくらいか。キースも同じ気持ちなのかもな。

「さて、休んで明日に備えるか」

二階に上がり、割り当てられた部屋に入る。

安い宿だと複数人で雑魚寝することも多いのだが、ここは一人部屋だ。

店主から借りた桶で井戸水を汲み、身体を拭く。装備や道具の点検をして、明日の準備をした。

少しくつろいでいると、扉の外から足音が聞こえた。

「冒険者さん、夕飯はどうするー？」

ニックの声だ。

「ああ、いただこうかな」

「わかった！　すぐ準備できるよ。おとーさーん！　ご飯食べるってー！」

返事をして外に出る。

ニックは満面の笑みで俺を待っていた。

「お手伝いしてるのか？　偉いな」

「うん！　手伝うとお小遣いもらえるんだ」

「へえ、何か欲しいものでもあるのか？」

「お金貯めて剣を買うんだよ！　それを持ってダンジョンに行くんだ」

「なるほど」

良い目標だ。

ニックは剣を握るように拳を丸めて、空中でぶんぶん振る。

「そりゃ、頑張らないとな」

「うん！」

まあ、子どものうちはこのくらい夢見がちじゃないとな。

翌朝、食事を済ませ、ダンジョンに行くために宿屋を出る。

「たしか、朝は干潮のはずだから、今行けばちょうどいいな」

昼時に一度満潮になるので、それまで戦おう。

「おい、万年最下位」

背後から声を掛(か)けられ、出鼻(でばな)をくじかれた。

俺はそっとため息をつく。

またこいつか……。キースだ。

実は俺のこと好きなんじゃないか？

「なんだよ」

「《潮騒の岩礁》に行くのか？」

「もちろん。そりゃ、そのためにこの町に来たからな」

「そうか。俺も今から行くところだ。邪魔(じゃま)するなよ」

ふん、とそっぽを向いて、俺を追い抜いた。

行き先は同じだから、自然と一緒に歩く形になる。

相変わらず憎(にく)まれ口を叩く奴だ……。

ダンジョンは広いから、わざわざ一緒に行動しない限り、邪魔になることはない。

《地下道》のように道が狭く、人気が高いダンジョンならいざ知らず、ここは迷宮都市から離れていて冒険者はそれほど多くない。俺たちの他には数人程度だ。

「おい、弱者が俺についてくるな」

「行き先が同じなだけだよ……」

俺としても、戦い方を知られたくないので一緒に行動するつもりはない。

魔物を喰って、さらには身体の一部を魔物のように変化させて戦う。人に見せられるものじゃない。

特に旅神を深く信仰している人には、敵視される可能性もある。魔物は旅神にとって敵だ。

まあ、俺のこの能力も旅神から与えられたものなんだが。

「おい」

「今度はなんだ？」

「お前が望むなら俺が戦い方を教えてやってもいいぞ」

「いや、結構だ」

俺が即答で断ると、キースはむっと片眉を上げた。

「最強の冒険者である俺の指導を断るだと……？」

「お前も下級冒険者だよな……？」

なんで断られるとは思ってなかったみたいな反応なんだ。

黙っていたらイケメンなのに……。残念だ……。

「たしかに、冒険者としてのランクは下級だ。しかし、俺は俺が最強であることを知っている。いや、最強だと言い続けなければならないのだ。それが自信になり、信頼になる。違うか？」

言っている意味はさっぱりわからないけど、それが彼なりの信念ということだろう。

どうでもいいので、早くダンジョンに着かないかな……。

「ふっ、いずれ本当に最強になるのだ。今から言っても変わるまい」

「さいですか……。ん？　なんだあれ」

適当に返事をしながら歩みを進めると、ダンジョンの前に複数人の冒険者が固まっているのが見えた。

パーティだろうか。男性三人、女性が一人という組み合わせだ。

「ふん、別にダンジョンなのだから、冒険者がいてもおかしくないだろうが」

「そりゃそうなんだけど……」

ちょっとした違和感を覚えて、視線を送る。

よく見ると、彼らは棒に吊るされた網のようなものを、四人で担いでいた。

その網の中には……。

「あれ、リーフクラブか？」

「なに？」

俺の呟きに、キースが反応する。

網の中にいるのは、紛れもなくリーフクラブだった。しかも、少し足が動いている。生きているようだ。

「まさか……生け捕りにしたんじゃ」

「生け捕りだと……？　馬鹿な。催眠魔法でも使ったのか？　生け捕りなんて聞いたことないが……大丈夫なのか？」

「リーフクラブは食用に適した魔物だし、新鮮な肉を食べたかったのかな。まあ、俺たちには関係ないだろ」

「そうか……」

キースは訝し気に彼らを睨みつけていたが、俺の言葉に視線を外した。

冒険者の稼ぎ方は様々だ。彼らも工夫しているんだな。

たしかにリーフクラブの肉は美味しいから、売れるのもわかる。思い出したら早く食べたくなってきたな。

「ははは！　今日も成功だな！　生け捕りは高く売れるからウハウハだ！　あの人のアドバイス通りだな！」

「生け捕りなんて俺たちしかしてないもんな！　ククク、お前のおかげだぜ」

「あ、あはは……。お役に立てて良かったです」

そんな会話を聞き流して、俺もダンジョンに進入した。

ダンジョンに入ると、キースの姿はだいぶ離れたところにあった。

お互いにソロだし、離れたほうがいいだろう。キースとは別方向に進む。

《潮騒の岩礁》の魔物は、岩の陰に隠れている。

突然飛び出してくる可能性もあるので、注意しながら進む。

「おっ、リーフスター発見」

巨大なヒトデの魔物だ。

サイズは大きく、俺が両手を広げても足りない。

五本の腕をうねうねと動かし、岩の上を這っている。

「あまり攻撃してこないんだったよな……」

動きが遅いので、このダンジョンで一番弱い魔物だ。

ただし、腕の力は強く掴まれたら抜け出すのが難しい。

「新しいスキルを試してみるか……。《リーフクラブの大鋏》」

スキルを発動した瞬間……俺の左腕が蟹のハサミに変わった。

「おお！　こういうパターンか！」

肘から先が変異したのは、巨大なハサミだ。俺の頭を隠せるくらい大きく、硬い殻に覆われている。

「攻撃にも使えるし、盾にもなる感じか？　重すぎてあまり早く動かせないな」

速度重視なら《鋭爪》のほうがよさそうだ。

《刃尾》の時も思ったが、人間にはない部位なのに自然と動かすことができるのは不思議だ。これもギフトの効果なのかな。

さて、攻撃力はいかほどか。

リーフスターに近づき、二本の大きな爪を開く。そして、一気に挟み込んだ。

爪先がスターに突き刺さる。

「よしっ。――え？」

攻撃が成功した。そう思った次の瞬間には、肉厚なスターの腕が切断されていた。

「わお、すごい攻撃力だな……。挟まないといけないのは難点か」

スターが比較的柔らかい魔物とはいえ、かなりの攻撃性能を持つスキルといって良さそうだ。

だが、高速戦闘の中で敵を挟むのは簡単ではない。使いどころには注意だ。

スキルを解除すると、服の袖がボロボロになっていた。もう何も言うまい……。

「まあ実験はこんなもんで。いただきマス！」

腕を奪われぐったりしているリーフスターに容赦なく噛みつく。

切り取ったほうの腕ではスキルを獲得できないため、本体だ。

最初に《毒牙》によって麻痺毒を注入する。こうすることで、反撃されることはなくなる。

腕に巻き付かれたら危険だからな。

「うん、不味い」

生臭さに顔をしかめながら、スキルのために飲み込む。

『スキル《リーフスターの星口》を取得しました』

無事、スキルを取得できた。

「《星口》？　どんなスキルなんだ……？」

ヒトデから取得できるスキル……正直、想像がつかない。

腕が五本になっても困るが。

「使ってみないとわからないな。よし……《リーフスターの星口》」

スキルを発動してみる。

最初、どこにも変化がないように思えた。

てっきり口に関するスキルかと思ったが、《大牙》のようにわかりやすい変化はない。ならば《吸血》のような、見た目の変化がないスキルなのだろうか。

「ん……？」

ふと、右手に違和感を覚える。

見てみると……手のひらがぱっくりと割れ、口のようになっていた。

「うげ」

思わずうめき声を上げる。

手のひらに口って……気持ち悪……。

奥までは陰になっていて見えないが、小さな歯がずらりと並び、おぞましい見た目をしている。

「魔物のスキルに抵抗がなくなってきた俺でも、さすがにこれは引くぞ……」

ヒトデは身体の中心に口がある生物だ。

身体は人間の手のような形をしている。つまり、その口をスキルとして発動する時は、俺の手から発現するわけか。

「何に使うんだ、これ」

噛みつくにしても、歯は小さいし手のひらを押し付ける暇があったら《鋭爪》で攻撃したほうがいい。

「ま、いっか。たくさんスキルを取っていたら、いらないスキルも出てくるだろ」

すでに《フォレストフロッグの水かき》という使用機会のないスキルもあることだし、気持ちを切り替えて次の魔物を探した。

早朝に満ちていた潮が、どんどん引いていく。そして、十時ごろを境目として、再び満ちていくようだ。

今はちょうど干潮で、地面が完全に露出している。

「リーフクラブはやっぱり美味いな！」

おやつ代わりにリーフクラブに齧り付く。美味しくてスキルレベルも上がるとか最高か？

足をちぎって持って帰れば、宿場町にあるギルド支部や宿屋、食堂などで売ることができる。

数日程度なら日持ちもするし、住人には鍋料理などで親しまれている。

数本、足をマジックバッグに入れておいた。

マジックバッグよりリーフクラブの足のほうが大きいのに、なぜかすっぽり入る。さすが神器だ。

「生け捕りならもっと高く売れるのかな？」

生もの、特に海産物は新鮮なほうが良い。

それは魔物であるリーフクラブも同じらしい。

もし生け捕りにできれば高く売れるだろう。

……一瞬そんな考えが頭をよぎったが、道具がないので断念する。そもそも、巨大すぎて一人じゃ持ち上がらない。

一通りリーフクラブを満喫し、移動を再開する。

「サクサク」

「リーフアーチンか。……ッ⁉」

巨大なウニが、俺を発見したと同時に針を伸ばしてきた。

俺の心臓目掛けて一直線に突いてくる。咄嗟にバックステップすることで回避する。

「あぶな‼」

見た目は巨大な球体で、全身から無数の針が生えている。

そしてその針は、リーフアーチンの意思で自由に伸び縮みする。

「サク」

「おいおい、その見た目で移動できるのかよ！」

ていうか、目はどこなんだ。

針を器用に伸縮させ、勢いをつけて転がってくる。

急な方向転換はできないみたいだ。でも、転がりながらも正確に刺突をしてくるので、油断すると突き刺される。

「ていうか、どうやって攻撃するんだ？」

遠距離で攻撃する手段があればいいが、あいにく俺には近接戦闘しかできない。

《健脚》のおかげで回避は容易だけど、攻撃に転ずることができずにいた。

「くっ、《大鋏》」

針よりも短い《鋭爪》では、こちらの攻撃が届く前に針に刺される。

左手を《大鋏》に切り替え、手の甲にあたる場所で針による刺突を受け止めた。

「よし、《大鋏》なら防御できるな」

「サク」

あとはもう少し接近できれば《刃尾》による攻撃が可能だ。

リーフアーチンは針を戻して、ごろごろと転がる。威嚇するように俺の周囲を回って、背後から刺突を繰り出した。

「サクサク」

「たしかに厄介(やっかい)な能力だが……お前、長く伸ばせるのは一本だけなんだろ？」

「サク⁉」

針を《大鋏》で受け止める。

右手の《鋭爪》で受け止めた針を上方に弾(はじ)きあげて、地面を蹴(け)った。

接近し、《刃尾》を伸ばす。

「長い刺突武器ならこっちにもあるんだよ！」

《刃尾》なら傷ついても一度スキルを解除してもう一度発動すれば戻っているので、身体を覆う針は気にしなくていい。少し痛いけど。

「ん……？　そうだ、もしかして……《リーフスターの星口》」

《刃尾》は見事リーフアーチンに届き、突き刺さった。大穴が空き、動きが止まる。

右手にヒトデの口を出現させるスキルを発動し、《鋭爪》を解除。

その右手を、《刃尾》によってこじ開けた穴の中に突っ込む。

「喰らえ」

右手の口が、アーチンの中身を喰らった。

『スキル《リーフアーチンの黒針》を取得しました』

即座(そくざ)に、旅神の声が聞こえる。

「やっぱりか！」

必要ないスキル？　とんでもない！

俺にとって一番使い道のあるスキルじゃないか。

「《星口》で食べてもスキルを取得できるんだ！　しかも味を感じない！」

生きている魔物に顔を近づけるのはリスクがあったので、これは助かる！

手からものを食べるとか、いよいよ人間どころか動物かどうかも怪しくなってきたけど！

「さて、これはどんなスキルかな……。《リーフアーチンの黒針》」

今度のスキルはわかりやすかった。

スキルを発動した瞬間、両肩から大量の針が生えてきたからだ。まるで、肩の骨がウニになってしまったかのよう。

全部外側に向いているから、顔には刺さらない。

「なんだろう……無性にヒャッハー！　って言いたくなるな」

一応、肩鎧みたいなものか……？

初めての防御スキルなのに、非常に微妙な気持ちになった。

あと、服が穴だらけだ。

「……まあ、《潮騒の岩礁》の魔物も無事攻略できたな！　だいぶ水位が上がってきたし、一回戻るか」

お昼前後の時間は、潮が満ちてしまう。満潮になると《潮騒の岩礁》は全て海に沈むらしいので、その前に出る必要がある。

ちょうど三種類目の魔物を倒したところだし、一回戻ろう。

売却用のリーフクラブの腕は十分な数確保したので、午前中の稼ぎとしては満足だ。

リーフアーチンの中身はクラブより高く売れるようだが、傷つけずに取り出すのは難しい。それに、俺の場合は自分で食べたいからなぁ。

「ん、キースだ」

ダンジョンを出ようと入り口に向かっていると、ほぼ同じタイミングでダンジョンに入ったキースの姿があった。

リーフクラブと戦っているようだ。

「あんまり人の戦闘なんて見るもんじゃないよな」

冒険者は自分の手の内を隠すものだ。

日常的に命のやり取りをする冒険者にとって、旅神から授かったギフトこそが己を守る最後の砦だ。なによりも信頼できるものなのだ。

人によって千差万別のギフトは、その情報だけで値千金。もちろん同じ場所で戦っていれば見てしまうこともあるけど、なるべく目を逸らすのがマナーだ。

俺はキースに背を向けて、出口を目指す。

「ぐぁあああッ」

しかし、背後から聞こえてきた悲痛の叫びに足を止めた。

振り向くと、キースが腕を押さえうずくまっている。

「……ッ⁉　まさか、やられたのか⁉」

おいおい、最強の冒険者はどこに行ったんだよ！

こうなったらマナーもなにもない。

助太刀を嫌う冒険者もいると聞くが、さすがに朝話したばかりの奴に死なれるのは寝覚めが悪すぎる。

「キース！」

慌てて駆け寄ると、キースが膝をついて頭を垂れていた。

キースの前にいるリーフクラブは……動かない。いや、完全に絶命しているようだ。岩をも粉砕する巨大なハサミは、爆発に巻き込まれたようにぐちゃぐちゃになっている。

「……なんだよ、勝ってるじゃないか。驚かせやがって」

キースの勝利を確認して、ほっと息をつく。

「ふ、ふん。この程度の敵に俺が負けるはずがないだろう」

キースは勝ち誇ったように言って、何事もなかったかのように立ち上がった。

「じゃあなんで叫んだんだよ」

「勝利の雄叫びだ」

「そうかよ……」

「もうすぐ潮が満ちる。引き上げるぞ」

キースはそう言って、俺に背を向けた。

しかし、体勢が不自然だ。

丈の長いローブの中に右腕を隠し、庇いながら歩いている。

思えば、さっきうずくまっていた時も右腕を押さえていなかったか？

「キース、右腕どうかしたのか？」

「……何を言っている？」

「まさか、リーフクラブに切られたんじゃ……っ」

リーフクラブのハサミなら、人間の腕を両断するくらい簡単だ。

Eランクダンジョンの魔物でも、容易に人間を殺せる強さを持っている。たとえギフトがあったとしても、死ぬ時は一瞬だ。

「見せてみろ」

俺はキースのローブを掴み、めくりあげる。

心配は杞憂だったようで、彼の右腕は間違いなくそこにあった。

しかし、手首から先が火傷のようにただれ、黒く焦げている。

「なんだこれ……あ、とりあえずポーションを……」

「それには及ばない。自前のがある」

キースは気にした様子もなく、淡々とポーションを半分、右腕にかけた。もう半分は口に含み、飲み込む。

「リーフクラブの攻撃じゃないよな?」

「いつものことだから気にしなくていい」

「いつものことって……」

「話している場合か?」

キースは右腕をローブの中に戻し、足元を見る。

少しずつ水位が上がり、既に足首まで水に浸かっていた。

満潮時は魔物の動きが活発化する。干潮時には弱かったリーフスターも、水の中では俊敏に動き回る。長居するのは危険だ。

無言のまま歩いてダンジョンから出たあたりで、キースがぽつぽつと口を開いた。

「腕のケガはギフトの効果だ。《炎天下》は炎を生み出す。しかし、腕や足などの身体から近い場所だけだ」

「魔法系……にしては限定的だな」

「その分、攻撃力だけなら中級、否、上級冒険者にも劣らない。ただし、俺自身に炎の耐性はないから、使用すれば必ず火傷する」

キースが倒したリーフクラブを見れば、彼の攻撃力は疑いようもない。リーフクラブの硬い外殻が、力技で破壊されていた。

だが、破格の攻撃性能と引き換えに、多大なデメリットを背負っているわけだ。

「じゃあ、毎回火傷しながら戦っているのかよ……！」

「ふん、俺はフォレストキャットすら一撃で殺せる。毎回ポーションを使っても黒字だ」

「そうかもしれないけど、痛いだろ」

「強者の宿命だ」

無駄にきりっとした顔で、そう言い放つ。

ただの自信過剰な残念イケメンだと思っていたのだが、案外好ましく思っている自分がいる。

「聞いてもいいか？　なんで冒険者をやっているのか」

「ありふれた話だ。俺の故郷はダンジョンから溢れた魔物に滅ぼされている。襲撃から俺を救ったのが、駆け付けた冒険者だった。それだけだ」

「……そうか」

「お前こそ、万年最下位のくせになぜ冒険者をしている」

この、ナチュラルに人を見下してくるところがなければもっとイイ奴だったんだけど……。

「別に、キースみたいな過去はないよ。……俺にはさ、幼馴染がいるんだ。昔は身体が弱くて、泣き虫で、誰とも話さずに木陰で寝ているような子だった。俺は吟遊詩人から聞いた冒険者の物語を、その子のところに行って話すのが好きだったんだ。そのうち、俺たちは冒険者を夢見るようになった。ははっ、単純だよな」

「子どもなんてそんなものだろう」

「まあな。それで、その子と約束したんだ。二人で冒険者になって、頂点を目指そうって。幼馴染はずいぶんと上に行ってしまったけど、俺もまだ諦めるつもりはない。……悪い、キースの後に話すことじゃなかったな」

「いいや、十分な理由だ。信念がある者は強い」

「ああ、そうだな」

なんとなく、そこで会話が止まった。

町まで無言で歩く。行きとは違い、隣り合わせで。

五章　最強

ポーションで腕を治したキースとともに、町に戻った。

満潮の間に昼食を済ませてしまおうという考えだ。

キースの右腕は火傷の跡は残るものの、ほとんど癒えている。ダンジョン産の薬草などから作ったポーションは非常に効果が高い。

「あ、兄ちゃん！　子分！」

町に入ると、宿屋の息子、ニックが手をぶんぶん振って駆け寄ってきた。

外で遊んでいたのだろうか。

「誰が子分だ」

一応突っ込んでおくけど、ニックは聞いちゃいない。

目をキラキラと輝かせて、キースに詰め寄った。

「ダンジョン行ってきたんでしょ⁉　たくさん魔物倒した？」

「ふっ、当然だ。千はゆうに超えた」

「すげえ……！」

右腕の火傷は隠したまま、キースは大嘘を吐く。

ニックは羨望の眼差しでキースを見上げている。

うん、まあ夢は見させてあげよう。

「そうだ、兄ちゃんは知ってる？　あっちに魔物が置いてあるんだよ！」

「なんだと……？」

「蟹の魔物が丸ごと売ってるんだって！　しかも生きてるの！」

興奮冷めやらぬ、といった様子で、ニックが説明する。

ああ、朝すれ違った冒険者が生け捕りにしたものか。

俺もリーフクラブの脚を売却用に持って帰ってきたが、全身、それも生きた状態なんて冒険者でなければ見られるものではない。

ダンジョンには冒険者以外入れないからな。

町の人からしたら、珍しい光景だろう。

「お客さんに聞いてね、今から見に行こうと思うんだ！」

「……魔物は大きく、危険だ。あまり甘く見ないほうがいい」

「大丈夫だよ。だって、捕まえてあるんだよ？　あー、剣があれば僕でも倒せるかも！」

ニックは見えない剣で、シュッシュッと口で言いながら空気を斬った。

わかる、わかるぞ！　俺もよく剣術の真似をして遊んだものだ。今じゃ文字通り魔物みたいな戦い方してるけどな。

「じゃあ、また後でね！　お昼も別料金だけど、うちで食べられるから！」

さすが普段から手伝いをしているだけあって、子どものにしっかりしている。

ニックなら良い宿屋になりそうだ。

「キース、サンゴ亭に行くか？」

「ああ。……弱者が俺についてくるな」

「今ちょっと忘れてただろ」

普通に首肯したあとに思い出したように付け足しやがって。

俺はずっとソロでやってきた。

駆け出しの頃はポラリスと組んだり、あるいは他のパーティに入れてもらったこともあった。でも、ポラリスは先に上がってしまったし、パーティからは役立たずとして追い出されてしまった。

当然だ。俺には戦う力がなかったから。

……パーティで活動していたら、こうやってダンジョンから一緒に帰ったり昼食をともにしたりしていたのかな。

相手がキースなのはちょっと不服だが、俺はそんなことを思いながら宿屋まで歩いた。

「おお、おかえり。飯食べるかい？」

「はい、お願いします」

「あいよ。座って待っていてくれ」

店主が気さくに挨拶してくれる。

居心地のいい宿屋だ。繁盛するのも頷ける。

俺がカウンターに座ると、キースはわざわざ離れたテーブルに座った。

「そういえば、さっきニックに会いましたよ」

世間話代わりに、道中のことを話す。

「生きた魔物を見られる機会なんてめったにないからねぇ。あいつは喜んで飛び出していきやがった」

「あはは……。俺も初めて魔物を見た時は興奮しましたよ」

「できれば、魔物の恐ろしさにびびって冒険者になるのを諦めてくれると嬉しいんだけどよ」

駆け出しの冒険者は、半数以上がその日に冒険者をやめる。魔物に足がすくんで動けなくなってしまうのだ。

最低ランクの《白霧の森》の魔物すら、普通の人間くらい簡単に殺せる。そんな化け物がうじゃうじゃいるのがダンジョンというものだった。

「リーフクラブの生け捕りってよくあることなんですか？」

「いいや？　この町で生まれて四十年近く経つが、初めてだよ。よく知らないが、魔物を昏睡させるのはそんな簡単じゃないんだろ？」

「一時的ならともかく、長時間眠らせるのは難しいでしょうね……」

「最近来た冒険者が始めたんだよ。なんでも、そういうギフト持ちだって話だ。結構高値で取引されてるぜ。うちみたいな小さな宿屋じゃ買えないが、大きい商店がこぞって買ってるよ」

売り物になるほど美味しい魔物は、それほど多くない。

そのギフトを持ち、《潮騒の岩礁》に目をつけたのはかなりのやり手だな。商売上手だ。

「今日も広場で競売をやってるよ。さっきお客さんに聞いた話だと、十体もいるらしい」

「それはすごいですね……」

広場に十体のリーフクラブが並んでいるところを想像すると、かなりの壮観だ。

一体でもかなり大きいからな……。

ダンジョン内でもその数を同時に見ることは少ないし、ちょっと気になるかもしれない。後で行ってみよう。

「はい、スープとパンだよ」

「ありがとうございます。いただきます」

「簡単なもので悪いね」

店主が俺の前に皿を置いた。

「とんでもない……！　こんなに魚介の入ったスープ、迷宮都市じゃ食べられないですよ」

「ははは、そりゃよかった。初めて来るお客さんはだいたい驚くよ。それに、この町は塩も美味いんだよ」

さすが海辺の町だ。

エビや貝などの魚介をふんだんに使ったスープで、とても美味しい。

魔物ばっかり食べてると、普通の料理が一段と美味く感じる。

ゆっくり昼食を食べていると、後ろからがたりと音がした。

「美味かった」

キースが立ち上がり、短くそう言って宿屋から出て行った。食べるの早いな。

ダンジョンはしばらく満潮だ。急いでも、どうせ中には入れない。

ちょっと休憩してから、午後もダンジョンに向かおう。

スキルレベルを上げないとな！

「おや、なんだか外が騒がしいね」

店主に言われて、顔を上げる。食事に集中していて気が付かなかったが、たしかに騒々しい。

なんだろう、叫び声のような……。

「……のだ！」

焦った様子の男性の声が、扉越しに聞こえてくる。

「魔物だ！　魔物が暴れだしたぞ‼」

魔物が暴れ出した。

断片的に聞こえたその情報は、最悪の状況を想像させるものだった。

「……っ！　すみません、俺、行きます！　スープ美味しかったです！」

「ま、待ってくれ！　外にはニックが……」

「必ず、俺が連れて帰ります」

ダンジョンの外に魔物が現れることはまずない。旅神がダンジョンに封じ込めているからだ。

あるとすれば魔物の間引きが間に合わず結界が突破される可能性だが、《潮騒の岩礁》はクエストもなく、危険な状態ではなかった。

だから、安全だったはずなのだ。

でも……今日はイレギュラーなことが一つある。

「まさか、さっきのリーフクラブが……⁉」

とある冒険者パーティが生け捕りにしたというリーフクラブ。その数、十体。

眠らせたまま広場で競りが行われていると聞いたが、まさか暴れ出した魔物って……。

「出し惜しみしている場合じゃないよな……《健脚》」

普段、人前で魔物のスキルを使うことはない。

恐怖の象徴である魔物を宿して戦う俺のギフトは、見られたらどう思われるかわかったものじゃないからだ。

けど、そんなこと言っている場合じゃない。

「間に合ってくれよ！」

リーフクラブのハサミは、大人でも容易に両断できる威力を持つ。

幸いにして動きはそれほど早くないが、十体もいれば……。

逸る気持ちを抑え、広場に直行した。

慌てふためく通行人は、俺と逆方向に走っていく。

そして、広場にたどり着いた。

「《プロミネンス》」

視界の端で、爆炎が上がった。

離れていても感じる熱気に、思わずのけ反る。

「あれは……」

爆炎が消え、視界が晴れると、そこには傷だらけになったリーフクラブが残っていた。

そして、その先で拳を振り抜いた体勢のまま固まるのは、キースだ。

「兄ちゃぁああん！」

「ふっ、俺は最強の冒険者だぞ。お前はそこでゆっくりしていろ」

「う、うん……！」

キースの後ろにはニックがへたりこんでいる。

「来い、雑魚ども。最強の冒険者である俺が相手になろう」

キースは、決して後ろを向かない。

なぜなら彼の腕、身体の前面、顔も全て——惨たらしく焼けただれているからだ。

「キース！」

「……遅いぞ。万年最下位」

「すまん。俺も戦う！」

広場を見渡す。

キースが倒したと思われる、爆散したリーフクラブが二体。

生きているリーフクラブ五体が、キースを警戒するように取り囲んでいる。

「三体足りない……？　例の冒険者たちが倒したのか？」

「いや、奴らは逃げた」

「は……？」

「元より、Eランクに挑めるような実力ではなかったようだ。ふん、どこかの万年最下位のほうがまだマシだな」

「じゃあ、残りの三体は!?」

この町に、他の冒険者はいただろうか。

《潮騒の岩礁》は安定的な収入を望めるが、わざわざ迷宮都市を出るメリットがあるかというと怪しい。そこまで人気な場所ではない。

「話している時間はない。聞くが、お前は足は速いほうか？」

「……ああ。移動のスキルがある」

「ならば話が早い。散った三体のリーフクラブを捜して倒せ。ここは俺がやる」

そう言って、キースは腕から炎を放った。

爆炎は発生すると同時に、己の腕を焼く。放たれた炎は、ふらふらと離れそうだったリーフクラブを足止めした。

そうか、キースは合計七体ものリーフクラブを、こうやってこの場にくぎ付けにしていたんだ。遠距離攻撃は苦手なのか、倒すには至らない。

「やるって、お前も……」

「問題ない。俺は最強の冒険者だ」

「そんなにボロボロなのに、か？」

「ああ。最強だ。最強でなければならないのだ。俺たち冒険者が戦わなければ、誰が町の人を守る？誰がダンジョンを維持する？　誰にも負けず、常に最強で居続ける。そうやって市井の者を安心させる。それが冒険者の責務だろうッ」

キースの身体は焼け焦げ、ただれ、見るも無残な状態だ。

しかし、ニックを庇う背中だけは、最強の冒険者の姿だった。

「早く行け！」

「……ッ！　わかった。まずはニックを安全な場所に連れていく。それから、俺が必ず三体捜し出して、倒す」

「ふん、その頃にはとっくにこちらも終わらせて、お前を助けてやることにしよう」

彼のスキルからして、ニックを庇いながら戦うのは困難だ。

不利な状況でニックを庇い、リーフクラブを釘付けにすることで多くの人を逃がした。

英雄だな。ほんと、カッコいいよ。

キースにだけ任せるわけにはいかない。

「《健脚》《鋭爪》《大牙》《吸血》《刃尾》《毒牙》《星口》」

《大鋏》は重すぎるから使わない。《水かき》は必要ない。

有用なスキルを全て発動し、身体に宿す。

「お前……いや、いい」

キースが俺の姿を見て、目を見開いた。

だが、すぐに視線を外して、リーフクラブに向き合う。

「ニック、行くぞ」

「子分……」

「ああ。あの蟹は兄ちゃんが倒すから、俺と逃げよう」

「うん……」

左手には爪も棘も出していないので、左腕でニックを抱き上げる。

「それとさ、キース」

「なんだ」

「それなら、俺も最強の冒険者だ」

俺は冒険者ランキング1位になる男だ。

絶対に守り切る。

「ふっ、俺の次にな」

キースはおそらく、長くは持たない。自傷ダメージが多すぎる。

立っているだけでやっとなはずだ。

「俺が戻るまで耐えてくれよ……！」

最後にポーションを渡して、広場を飛び出した。

「兄ちゃん、頑張れー！」

キースの背中に、ニックが声援を送る。

キースに広場のリーフクラブを任せ、ニックを抱えて脱出した。《健脚》で跳躍し、屋根の上に乗ってリックを下ろす。

「ニック、ちょっとここで待っててくれ。動かなければ大丈夫だから」

リーフクラブが屋根の上まで来るのは不可能だろう。ここなら安全だ。

「兄ちゃんは大丈夫かな……」

この状況で自分のことではなくキースの心配をするとは、優しい子だ。案外、冒険者に向いているかもしれない。

俺は口元を緩めて、ニックの頭を撫でる。

「あいつなら余裕だよ。言ってただろ、最強だって」

「うん、そうだよね……！」

「俺も最強だから、ちょっと魔物を倒して来るわ」

ニックが膝を抱えて頷く。

それを見て、俺は視線を地上に戻した。

リーフクラブは見える範囲にはいない。

「屋根の上から探したほうがいいよな」

脚力を生かして屋根の上を飛び移りながら移動する。

この宿場町は行商が多いため、どの道も比較的広い。広場を中心として、蜘蛛の巣のように円形に町が形成されている。

「くそ……っ。どこにいるんだ」

町に解き放たれたリーフクラブは、どこを目指すのだろうか？

多くの魔物は非常に好戦的で、人間を見ると即座に襲ってくる。リーフクラブも同様だ。

ならば、近くの人間を襲うかもしれない。

あるいは、海を目指すか？

地上はリーフクラブにとって過ごしやすい環境ではない。なら、海やダンジョンを目指す可能性もある。

「三体もいるんじゃ、既に犠牲が出ているかもしれない」

冒険者以外では、魔物に対抗するのは難しい。

既に多くの人が避難したのか、往来に人の姿は見えない。だが、逃げ遅れた人がいないとは限らない。

跳躍を繰り返し、屋根の上を移動する。どこにいるのか予想がつかないため、人が多そうな場所を中心に、広場から近い順に回っていく。

そして、ようやく発見した。

「いた……！」

しかも三体一緒にいる。

リーフクラブは裏通りを横歩きしながら、家屋には目もくれず進んでいる。

「……っ、誰か追いかけられているじゃねえか！」

リーフクラブが走る先には、背を向けて逃げる女性がいた。

身を屈めて、全力で跳躍した。屋根が少しへこんだが、緊急事態だから許してほしい。

家を二軒飛び越して、リーフクラブの前に降り立った。

《健脚》があってよかった。フォレストラビットは弱い魔物だが、一番助けられている気がする。

「止まれッ！　《大鋏》」

まず、一番前にいたリーフクラブを《大鋏》で殴りつける。ハサミで対抗しようとしてくるリーフクラブを、下から蹴り上げることでひっくり返した。

「はっ！」

その隙に、脇を抜けてもう一体が前に出た。

咄嗟に《刃尾》を伸ばし、ハサミの付け根に突き刺す。動きが鈍った。

「もう一体！」

二体を相手している間に、最後の一体が俺の横を突破していった。俺を無視して女性を追いかけている。

《刃尾》を引き抜き、踵を返す。高く跳躍してリーフクラブの背後から追った。空中で一回転し、《大鋏》を叩き付ける。

よし、動きが止まった。

三体だけでもかなりの強敵だ。七体同時に足止めしていたキースはすごいな。

「あんた、大丈夫か⁉」

少し先で足を止めている女性に、声をかける。

「ごめんなさい」

しかし、彼女の口から出た言葉は予想外なものだった。

「ごめんなさいごめんなさいごめんなさい」

女性はへたりこんで、両手で顔を覆った。

肩が少し震えている。

魔物に追われれば、当然怖いに決まっている。だから恐怖から解放されたことで泣きだしたのかと思ったが、どうにも様子がおかしい。

とりあえず慰めようと近づいたところで、彼女の装備に身覚えがあることに気が付いた。

冒険者の装備だ。

しかも、朝見たのと同じ。

「あんた、もしかして……」

「ごめんなさいごめんなさい。私が失敗したせいで……こんなことになるなんて思ってなかったんです……ちゃんと眠らせていたはずなのに……」

「リーフクラブの生け捕りをしていた冒険者か！」

キースからは逃げたと聞いていたが、彼女はリーフクラブに追われていたようだ。あるいは、引き留めていたのか。

たしか四人パーティだったはず。残りの三人はどこにいったんだ。

「……懺悔は後にしてくれ。聞きたいんだが、今あいつらを眠らせることはできるか？」

「できません。一度目覚めると、耐性ができているみたいで……」

「そうか。捕まえたリーフクラブは十体で合ってるよな」

「はい……。でも、三体しか連れてこられなくて……」

「残りの七体は俺の……仲間が相手している。これで全部だ」

キースのことは何と表現するべきかわからないけど、今は仲間で合っているはずだ。

彼女を責めている時間はない。状況把握が最優先だ。リーフクラブはここにいる三体で終わりだと確認できたので、後は早く倒してキースの援護に向かいたい。

「そうですか……！」

彼女の瞳に安堵の色が浮かぶ。

「最後にもう一つ。あいつらがあんたを狙っているのは、ギフトの力か？」

「は、はい。《催眠術師》というギフトで、今は敵意を私に向けています」

「そうか」

この女性は逃げずに、己の命を懸(か)けてリーフクラブを受け持ったということだ。

キースと彼女、二人の活躍(かつやく)によって、被害(ひがい)は最小限に留(とど)められたはずだ。

リーフクラブが暴れ出したのは彼女のミスに違いないけど、今はその勇気を称(たた)えたい。

「なら、その魔法を解除してくれ。あとは俺がやる」

「……っ、でも、私が悪いんです！」

「戦えないんだろ？　死ぬつもりか？」

「……そう、ですよね。死んで逃げるなんて許されないですよね……」

そういうつもりで言ったわけではないのだが、女性はまた俯(うつむ)いてしまう。

そうこうしているうちに、リーフクラブが起き上がってきた。

「早くッ！」

「は、はい！　あの、ごめんなさい。よろしくお願いします」

「ああ、任せろ」

彼女は魔法を解除して、離れていく。

《催眠術師》がどういうギフトかは明らかでないが、Eランクとはいえ魔物を生け捕りにできるほど強力な魔法を操れるのだ。名前の通り催眠系に特化しているに違いない。

冒険者のギフトは、一つに特化していると他の分野が苦手なことが多い。彼女は戦闘(せんとう)手段を持たないのだろう。

彼女が逃げていく足音を聞きながら、俺はリーフクラブ三体と対峙(たいじ)する。

完全に復活した三体が、ハサミをカチカチと鳴らした。《刃尾》を突き刺した一体だけは動きが鈍いが、残り二体は元気だ。

「来いよ。――三体とも喰らってやる」

「カチカチ」

リーフクラブは三体。

それらを逃さず狩り尽くさないといけない。

俺の攻撃手段の中で、最も殺傷力が高いのは牙だ。《大牙》はリーフクラブの腹なら食い破れるし、《毒牙》による麻痺毒も強力だ。

しかし、首を突き出して喰らいつくのは大きな隙を見せる。攻撃中は周囲があまり見えないので、残りの二体からしたら恰好の的だ。

「まずは動きを止めないとな……」

牙を使うのは最後だけだ。

俺は《健脚》に力を入れて、ぐっと身を屈める。

リーフクラブも完全に臨戦体勢だ。大きな左側のハサミを前に突き出し、カチカチと威嚇している。

《大鋏》は消し、足に意識を集中させる。

「行くぞ……はッ」

足元から土煙が上がる。

《健脚》は現在レベル10だが、普段はレベル5程度の力しか出さない。速すぎて扱いづらく、疲れるからだ。

　しかし、レベル10の力を全て解放すれば……目にも止まらぬ速度で移動することができる。

「《刃尾》」

　全速力で直進し、瞬(また)く間にリーフクラブの間を駆け抜ける。

　同時に、《刃尾》をぐるぐると回転させ、俺の背後に円を描(えが)く。まるで周囲を無差別に切り刻む弾(だん)丸(がん)だ。

　すれ違い様に、鋭(するど)い刃(やいば)がリーフクラブの横っ腹を切り裂(さ)いた。

「小回りが利(き)かないのは不便だな……だが、結構効くだろ？」

「カチ……」

　致命傷(ちめいしょう)には至らない。

　リーフクラブの外殻(がいかく)は硬(かた)く、浅く斬っただけだ。

　しかし三体同時に被害を与(あた)えることができた。

「カチカチ」

　三体のリーフクラブが俺を取り囲む。

　短距離なら意外と俊敏(しゅんびん)だな。

「ハサミなら俺にもあるんだ。《大鋏》」

　リーフクラブよりも一回り小さいそれを構える。

「上がガラ空きだ」

　一斉(いっせい)に攻撃しようとしてきたリーフクラブのハサミを掻(か)い潜(くぐ)り、上空へ高く跳躍する。

《大鋏》は切断する力も強いが、硬い殻(から)と重量は叩きつけるだけで武器になる。

着地と同時に一体の脳天を殴りつける。

「まず一体ッ」

膝を曲げ腰(こし)を落とし、《刃尾》を鞭(むち)のように振るう。そして、リーフクラブの脚を全て切り落とした。

これで移動できない。

「次！」

今度は横に跳躍。

最初に付け根を負傷させた個体のハサミを、俺の左腕の《大鋏》で掴(つか)む。《鋭爪》を伸ばし、ハサミを切り落とした。

これでもう攻撃できない。

「最後！」

ようやく牙の出番だ。

思い切り蹴り上げることでひっくり返し、《大牙》と《毒牙》を発動する。

比較的柔(やわ)らかい腹の部分に牙を突き立てた。

「いただきマス！」

麻痺毒を注入し、動きを止める。

抵抗(ていこう)をやめたリーフクラブの腹を、《大牙》によって食い破った。

「よし！　勝った！」

残りの二体にもトドメを刺す。

この三体で広場から逃げ出したリーフクラブは全てのはずだ。

あとは、キースが受け持っているはずの七体。いや、俺が行った時には二体倒していたから、五体か。

「案外、もう終わってるかもしれないが……万が一もある」

キースの爆炎は、目を瞠る攻撃力だ。

だが、さっき別れた時点でかなり負傷していた。ほとんどが自らの爆炎によるダメージだが。

「今行くからな！」

跳躍し、屋根の上に上がる。

まっすぐ進めば広場はすぐそこだ。

額に流れる汗を拭う。軽く息を整え、走り出した。

「あれは……！」

遠目に広場が見えた。

近づくに連れて、状況が鮮明になっていく。

倒れ伏すリーフクラブ。おそらく六体。

焼け焦げ、ところどころクレーターがある地面。

唯一生き残り、ハサミを高く掲げているリーフクラブ一体。

そして……。

「キースッ！」

炎に包まれる人影（ひとかげ）。

俺は慌てて広場に突入（とつにゅう）する。

「カチ」

「やらせるかよ！」

残ったリーフクラブは満身創痍（まんしんそうい）だったので、《大鋏》の一撃で沈（しず）める。

そのまま目を走らせ、間違（まちが）いなくリーフクラブが七体倒れ伏していることを確認した。

「キース、スキルを止めろ！　もう終わったぞ！」

キースの身体は炎に囲まれている。

よく見るとキース自体が燃えているわけではない。自分の周囲に炎を展開しているのだ。

防御（ぼうぎょ）のためか、暴走しているのか。

「くそっ、炎のせいで聞こえてないのか⁉」

円柱状に天へ登る炎の柱は、轟々（ごうごう）と音を立てている。

中にいるキースの姿は炎に遮（さえぎ）られ定（さだ）かではない。俺にも気づいていないようだ。

「……っ、痛いかもしれないけど我慢（がまん）しろよ」

《大鋏》を炎柱の中に入れる。

ハサミの上からでも、気絶しそうなほど熱い。キースはこの炎に焼かれながら、リーフクラブと戦い、そして町を守ったのだ。

「よし……！」

キースを軽く小突（こづ）いて、炎の中から弾（はじ）き飛ばす。

彼がいなくなると、炎は一瞬大きく立ち昇って、それから消滅した。

スキルを解除して、仰向けに倒れるキースに駆け寄る。

「キース！　生きてるか⁉」

ローブの袖は焼け落ち、右腕は真っ黒になっている。皮膚は爛れ、痛々しい。

全身で無事な部分を探すほうが難しい。

だが、リーフクラブのハサミを受けた形跡はない。

「……たり、まえだ」

キースの口から掠れた声が漏れた。

「キース！」

「喚くな。……俺は最強、だぞ」

「ああ、最強だよキースは」

「ふっ……お前もな」

薄らと目を開けて、口元を緩めた。

指先すら動かせまい。けど、生きてる。

「リーフクラブは全部倒したよ。俺たちの勝ちだ」

「余裕だった」

「よく言うよ」

思わず笑みが溢れる。

町中で魔物十体が突然暴れ出すという大事件は、無事終息した。

六章　【神官】フェルシー

昨日、リーフクラブを全て撃退したあと、キースを診療所に運び込んだ。

そして、屋根からニックを下ろし、宿屋に送り届けた。

その後、冒険者ギルドの支部の職員から軽く事情聴取を受けたんだよな。今日、もう一度詳しく話す予定だ。

「子分……じゃなくて、エッセン兄ちゃん！」

「おう、おはよう、ニック」

やっと子分呼びをやめてくれたみたいだ。

宿屋の息子のニックが、受付兼食堂の一階に下りてきた俺に駆け寄ってきた。

浮かない表情で俺を見上げる。

「キース兄ちゃんは……」

「ああ、診療所だな」

「僕のせいで……。僕を庇ったからケガしたんでしょ？」

「別にお前のせいじゃないよ。それに、キースなら大丈夫だ。すぐ治るよ」

「うん……」

心配そうに俯くニックの頭を撫でる。

キースの火傷は酷い状態だ。

でも、ポーションで応急処置はしたし、診療所には腕のいい医者がいる。町を守った功績から、金額に糸目を付けず治療すると約束してくれた。費用は町から出る。

医者は慈愛と生命を司る癒神の加護を受けている。

冒険者がギフトを使い攻撃魔法や超常の力を発揮するのと同じように、医者はギフトによって治療魔法を使うことができるのだ。

ギフトによって得意分野は変わるが、キースの火傷も専門家が対処してくれている。ポーションの効果と合わせて、きっと回復する。

「エッセン君、身体の調子はどうだい？」

カウンターから宿屋の店主が顔を覗かせた。

「はい。元々、俺はケガしていないので」

「そうかい。いやー、ほんと助かったよ。みんな君とキース君に感謝しているんだ。まさか、町中で魔物が暴れ出すなんてねぇ」

今でこそ店主も緩い口調だが、昨日の町はまさしく阿鼻叫喚の状態だった。

魔物を倒しきってもしばらく混乱が続き、数の少ない衛兵だけでは収拾がつかなかった。

そこで活躍したのが、漁から帰って来た屈強な漁師たちだ。住人からの信頼も厚い彼らは瞬く間に皆をまとめ上げ、荒れた町を片付け、修復して見せた。

筋骨隆々で、喧嘩したら負けそうだな……。

「しかし、魔物があんなに恐ろしいものだとはねぇ」

店主がしみじみと呟いて顎鬚を撫でた。

店主は魔物が暴れ出した時店にいたが、逃げる途中で遠目に見たらしい。おそらく、《催眠術師》の女性を追いかけていた個体だろう。

冒険者が持ち帰った死体の一部は町でも出回っているが、重たいので足だけの場合が多い。生きたリーフクラブの姿は衝撃だろう。

「ぼ、僕はぜんぜん怖くなかったけどね！」

ニックが腰に手を当てて強がる。

あるいは、本当に怖くなかったのかもな。だって、目の前にはキースの背中があったはずだから。

「そうだニック、キースの見舞いに行くか」

「いいの⁉」

「ああ」

ニックと手を繋いで、宿屋から出る。

町は昨日の騒動が嘘のように平和だ。この平穏を守れて良かったと心から思う。

診療所は町の中心部から少し離れた場所にある。理由は広いスペースが必要だからだ。

キースがいる部屋に案内され、中に入る。

「キース」

「……お前か」

てっきり寝ているかと思ったが、声を掛けると片目だけ開いて俺を見た。

顔は目元を除いて包帯に包まれ、痛々しい。

「兄ちゃん！」

「……こいつも連れてきたのか。こんな姿を見せて、トラウマになったらどうする」

ニックの姿があることに気が付き、俺を睨んで非難した。

俺は反論の代わりに、肩をすくめてニックの背中を押す。

「み、見るな。リーフクラブにやられてなどいないからな。これはただ……」

「兄ちゃんはカッコイイよ！　昨日も、今の格好も両方とも！」

「……ふん、当たり前だ」

包帯ぐるぐるのキースは、満更でもなさそうに鼻を鳴らした。

その傷はニックと町を守った勲章だ。恥ずかしがることないだろう。

「兄ちゃん、ありがとう！」

「ああ、もっと感謝してもいいぞ」

「本当にありがとう！」

ニックは純粋だなぁ。

いつにも増して目が輝いている。これは、幻滅するどころかより冒険者に対する憧れが強くなったかな。

「俺からも礼を言うよ、キース」

「何を言う。お前がいなければ俺は死んでいた。そうだな……もう万年最下位ではないという言葉、信じてやってもいい」

「信じてなかったのかよ……」

ちょっと素直になってなんだか気恥ずかしいな。調子が狂う。

「僕ね、キース兄ちゃんとエッセン兄ちゃんみたいに、誰かを守れる人になりたいな」

「……ふん、守るのは簡単ではないぞ。誰よりも最強でなければならん」

「うん。僕、さいきょーになる！」

ニックが拳を握りしめて、決意を固める。

冒険者じゃなくてもいい。この経験をして、恐れず乗り越えた彼は、きっと優しくて強い大人になれるだろう。

「おい、万年最下位」

「あ、呼び方は変わらないのね」

「まだこの町にはいる予定か？」

「ん、ああ。まだ事件の後始末もあるし、ダンジョンにも行きたいからな」

まだ《潮騒の岩礁》の魔物から取得できるスキルは、レベルが最大になっていない。少なくともレベルを上げ終わるまでは、ここにいるつもりだった。

「そうか。……俺が回復したら、一つ頼みがある」

「おう、なんだ？」

「いや、その時話そう。明日には治す」

「わかった。三日は休んどけよ」

偉そうな口調は変わらないけど、態度が柔らかくなった気がする。あの戦いを通じて、キースの印象も大きく変わった。

頼みの一つくらい、聞いてやってもいい。

「じゃあ、また来るわ」

「二度と来るな」

相変わらず素直じゃないな。

ニックも、キースにぶんぶん手を振る。

「兄ちゃん、安静にしてるんだよ！　治ったら宿屋に食べに来てね！」

「ああ、サンゴ亭の魚介スープは絶品だからな」

医者が部屋に入ってきたタイミングで、俺たちはお暇することにした。

意外と元気だったな。あの様子なら大丈夫そうだ。

扉越しにかすかに聞こえるうめき声については聞かなかったことにしよう。幸い、ニックは気づいていないようだし。

強がりな奴め。

「君がエッセン様？」

診療所を出た俺を出迎えたのは、聖職者の格好をした少女だった。銀の装飾が施された法衣は妙に短く、足のほとんどが露出している。

空色のボブカットが美しく、顔付きは可愛らしい。だが、抜き身の刃のような鋭い空気を纏っていて、なぜか恐ろしいと感じてしまった。

まるで、何人も殺している暗殺者のようで……いや、暗殺者なんて見たことないけど。

「ボクは旅神教会所属の神官だよ。昨日の事件について聞きたいんだけど、いいかな？」

にっこりと微笑む姿は一見すると可憐だ。でも、俺の額には冷や汗がつーっと流れた。

「ああ、大丈夫だ」

「良かったっ。ではでは、こちらへどうぞ～」

ハスキーな声は無邪気な少年のようだ。しかし有無を言わさぬ迫力がある。

ニックは一人で帰し、俺は彼女についていった。

「あ、名前を言ってなかったね。ボクはフェルシーだよ。よろしくね、エッセン様」

「……ところで、なんで俺の名前を？」

「もちろん、昨日の調査記録を見たからだよ。君は町を救った英雄だもん」

「やめてくれ。仮に英雄がいるとしたら、それはキースだ。俺は少し手伝っただけだよ」

フェルシーは少年のようなあどけない顔付きの少女だ。

前を歩く姿を見ても、服装以外は教会の人間には見えない。服装も、動きやすいような短い法衣で、中には短パンを穿いている。

「ふーん？　まあいいや。あ、ここだよ」

フェルシーに連れてこられたのは、昨日も訪れたギルドの出張所。

迷宮都市のギルドのように大きくはないし、ランキングボードも置いていない。《潮騒の岩礁》に訪れた冒険者に最低限のサポートをするための施設だ。

職員も二人だけと少ない。

「にしても、昨日の今日でよくここまで来られたな」

騒動があったのが昼過ぎ。
解決してから早馬を出したとして、報告を受けてからすぐ向かっても到着は夜中だ。
こんなに朝早くに俺を訪ねてくるなんて、計算が合わない。
「んー？　ふふ、まあ女の子には色々あるんだよ」
「……あっそ」
あまりにも雑に流されたが、言いたくないのなら深追いはしない。
旅神教会に逆らっても良い事ないしな。
旅神教会は、冒険者ギルドとは異なる組織だ。
旅神だけでなく、それぞれの神に応じた教会がある。
教会の役割は、大きく分けて二つ。
一つは、教徒となった者に加護を与える役割だ。
十二歳になり神を選ぶ時、あるいはその後改宗する時は、教会に行く必要がある。
そして、教会で加護を受け、ギフトを授かるのだ。
冒険者の場合は、皆一度は旅神教会に行っている。
二つ目は、教義に反した教徒を罰する役割だ。
一般的な犯罪なら、国の組織が取り締まる。
だが、教会ごとに特別な教義に関しては、教会の神官が手を下すのだ。
だから、冒険者からすれば絶対に機嫌を損ねてはならない存在と言える。
「エッセン様、お茶飲む？」

「いや、お構いなく」

「そっかー。ざんねん」

フェルシーは背が低く幼い容姿なのに、どこか油断ならない雰囲気を湛えている。

自分の分のお茶を淹れて、俺の向かい側に座った。

「さて、どこから聞こうかな」

「昨日話した通りだぞ」

「うん、でも直接聞きたいなって」

と言われても、本当に包み隠さず話したつもりだ。

一つ言わなかったことがあるとすれば、俺の戦闘スタイルだ。スキルの内容までペラペラ喋るつもりはない。

「俺はリーフクラブが暴れだした瞬間は見てないよ。通行人の悲鳴を聞いて飛び出したんだ」

「そっかぁ。生け捕りにした冒険者の顔は知ってる？」

「一人はわかる。他は……どうだろ、見ればわかるかもしれない」

彼らを見たのは、《潮騒の岩礁》の前ですれ違った時だけだ。

《催眠術師》の少女は見ればわかるが、他のメンバーまでは定かではない。

「逃げたっていう冒険者はまだ見つかってないのか？」

「《催眠術師》の女の子は、ここの別室で軟禁されてるよ。他の人たちはまだかなー。町にはいないみたい」

「そうなのか……」

「名前は判明してるから、旅神の加護は外しちゃうつもりー」

教会の怖いところはこれだ。

神官の裁量によって、ギフトを取り上げることができる。もちろん、理由なく奪うことはしない。

だが、罪を犯した者はギフトを奪われ、二度と得ることはできなくなる。

「もし見つかったらどうなるんだ？」

「んー？　もちろん死刑だよ。町中に魔物を解き放つなんて、旅神が許すわけないじゃん。魔神と魔物は神々の敵。彼らに与するような真似、許されることじゃないよ」

死刑という言葉を使うには、軽すぎる口調だ。それが当たり前のことのように言うのが、むしろ恐ろしい。

目の奥には仄暗い感情がちらついている。怒りか、憎悪か。

「……あの《催眠術師》は？」

「一番重罪だね。魔物を催眠して連れてくるだけでも重罪なのに、制御をミスして町を混乱に陥れたんだもん」

「報告したと思うけど、彼女が時間を稼いだおかげで被害をゼロに抑えられたんだ」

「んー？　自分が連れてきた魔物を自分で倒したら評価が上がるの？」

返す言葉が見当たらず、閉口する。

彼女が言っていることは正しい。

一歩間違えれば、死人が出ていてもおかしくなかった。それを回避できたのは、たまたま近くにキースがいたから。

そういえば、キースはなんで広場にいたんだろうな。

昼食をさっさと食べて、宿屋を出ていったようだけど。

まあ大方、ニックが心配で見に行ったんだろうけど。

「あ、それで言えばエッセン様とキース様の評価はうなぎ登りだよ！　貢献度もちょこっとおまけしとくね」

「それは嬉しいけど……」

その後、昨日した報告をさらに詳しく、根掘り葉掘り聞かれた。

別に新しい情報はない。

でも、直接聞くことが重要なのだそうだ。

正直、迂闊に心を開けない相手ではあるが、その勤勉さは尊敬する。

こんな状況でなければ可愛らしいボーイッシュ少女との会話を楽しむところだけど……。

「うんうん、だいたいわかったかな！」

「お役に立てて良かったよ」

「エッセン様とキース様がこの町にいて良かったよ。旅神教会を代表して、お礼！　ありがとう」

「お、おう……」

フェルシーはにこりと笑って、軽く頭を下げた。

話は終わりらしいので、帰ろうと立ち上がる。

「あ、そうだ」

退出しようとした俺の背中に、フェルシーの声が飛んでくる。

「リーフクラブみたいなハサミと、魔物みたいな尻尾の人間が跳び回っていたって情報があるんだけど……何か知ってる？」

「いや、知らないな。リーフクラブのハサミなら、何本か魔物から奪ったけど」

「そっかそっか。それならいいよ！　もし魔物の身体を持つ人間なんていたら――処刑しないといけないからね」

　フェルシーはそう言って、笑みを深めた。

「じゃあ、今日はありがとうね！　ボクは今日中に帰るけど、君とはまた会いそうな気がするね」

　もう会いたくねえよ。

　そう思いながら、俺は支部を出た。


　町にリーフクラブ十体が解き放たれるという事件から数日が経った。

　俺はほぼ完治したキースとともに、《潮騒の岩礁》に来ていた。

「……キース、本気なんだよな」

「ああ。頼む」

　キースが珍しく神妙な顔付きで頷く。今日ばかりは憎まれ口も少ない。

「エッセン、俺と一緒にボスを倒してくれ」

「……そう普通に頼まれると調子が狂うな」

「ふっ……。ボスを倒したいのは俺の都合であって、お前が危険を冒す理由はないからな。それでも頼むというのだから、俺には誠意を見せる義務がある」

「相変わらず堅物なことで」

変に真面目なんだよな。

医者の懸命な治療の甲斐あって、キースは無事に回復した。そして、事前に言っていた通り、俺に頼み事をしてきた。

それは、《潮騒の岩礁》のボスを一緒に倒してほしい、という内容だった。

「ボスを一人で倒すなど、俺にはできん。だが、気軽に頼めるような相手もいない。俺のギフトではパーティに所属することは難しいからな」

そこで白羽の矢が立ったのが、偶然にも共闘関係を結んだ俺というわけだ。

リーフクラブの事件で、俺も仲間意識を感じている部分はある。

もっと簡単な頼みだったら、気負うことなく受けられたんだけどな。

「……まあ、一度受けると言ったからには、今さら逃げたりしないよ」

「助かる。……俺には、ここの討伐報酬がどうしても必要だ」

ボスの強さは、一般的にダンジョンランクの二つ上程度と言われている。

Eランクダンジョンである《潮騒の岩礁》なら、Cランクダンジョンの通常個体と同程度ということだ。

魔物の強さは単純なランクや身体能力だけで測ることはできないものの、目安として、ボスを倒すには中級冒険者、それもパーティを組んだ状態が望ましい。

だが、挑もうとしている俺たちは下級冒険者だ。しかも二人だけ。

それに同じボスでも、単純な攻撃しかしてこないフォレストキャットとはわけが違う。Eランクのボスは、下級冒険者が挑めるような強さではない、というのが一般論だ。

「討伐報酬……《水精霊の祝福》だったよな」

「そうだ。火に対するわずかな耐性と、火傷をほぼ無効化できるようになる」

フォレストキャットの討伐報酬は《マジックバッグ》だった。俺もキースも愛用している。

そして、ここのボスを倒して手に入るのは《水精霊の祝福》という、いわば追加のスキルだ。

なにか物が手に入るわけではなく、身体に祝福が与えられる。

「そりゃ……キースにぴったりだな」

「火傷さえしなければ、俺はもっと自由に戦えるようになる。お前には利がないだろうが……」

「いや、火に耐性ができるだけでもかなり有用だよ。中級冒険者も一度は倒しに来るらしいし、持っておいて損はない」

一度倒せば永久的に能力を得られるんだから、倒さない手はない。

もう一度、二人で戦術を確認して、ボスエリアの結界に向かう。

ちなみに、この数日で《潮騒の岩礁》の魔物から得られるスキルは、全てレベル最大にしてある。

『ボスエリアです。ボス戦を行いますか?』

「はい」

「当然だ」

『ご武運を』

ダンジョンの最奥、海に一番近い場所がボスエリアになっている。

今は干潮なので、足元は岩と砂だ。

「もたもたするな、万年最下位。お前がミスをすれば、勝ち目はないぞ」

「おっ、調子戻ってきたな！　任せろ――《健脚》」

俺がスキルを使用した直後、水面に水しぶきが上がった。

海から飛び出してきたボスがその全貌を見せる。

「チチチチチ」

ボスの名前はリーフシュリンプ。

家のように大きなエビだ。

「行くぞ！」

岩に足を取られないように注意しながら、リーフシュリンプに接近する。

シュリンプは見上げるほど大きな身体を持ち、リーフクラブのように硬い殻と片方だけ大きなハサミを持っている。

身体は細長く、無数の脚ががっしりと地面を掴んでいる。

茶色く半透明な身体が、太陽の光を反射してキラキラ輝いた。

「《鋭爪》《刃尾》」

俺の役割は陽動だ。

悔しいが、瞬間的な攻撃力ではキースのほうが高い。ダメージを与えるのは主にキースに任せる。

代わりに、俺には小回りの利く足と、精密に攻撃できる爪や刃がある。

「ま、倒せたら俺一人でやっちゃうけどな！」

「チチチ」

リーフシュリンプが、高速で迫る俺に、巨大なハサミを向けた。

一見するとリーフクラブと大して変わらない動きに見える。

だが、シュリンプには一つ、特徴的な攻撃がある。

「チチ――チィイイイイ」

「……っ⁉」

シュリンプが、ハサミを勢いよく閉じた。だが、俺には到底届かない位置だ。

ハサミが空振りするのを見届けた、次の瞬間――空気が陽炎のように揺らいだ。

俺は横に跳んで、それを回避する。

「あっぶな……。予想より速いな……！　これがリーフシュリンプの衝撃波か」

資料で見るのと実際に体験するのとでは大きな違いだ。

リーフシュリンプは、ハサミを超高速で閉じることで、衝撃波を発生させる。空気の弾丸と化したそれは、高熱のプラズマを伴って飛ぶ。

そう、リーフシュリンプは遠距離攻撃を行うボスなのだ。

「だが、俺には当たらないな」

再び駆け出す。

リーフシュリンプは連続で衝撃波を放ってくるが、ハサミが向いている方向にしか飛ばないため回避は容易い。

ジグザグに走り、リーフシュリンプの脚元までたどり着いた。

小手調べとして、《鋭爪》で脚を切りつける。

「くーっ！　硬いな！」

衝撃波を潜り抜ければ、今度は硬い外殻が待ち受ける。その硬さはリーフクラブ以上だ。

そして、敵の攻撃手段も衝撃波だけではない。短いほうのハサミによる叩き付けを、慌てて回避する。

「チチチ」

「スピードがないと避け切れないが、パワーがないと攻撃が通らない、と。はは、これは一人じゃきついな！」

パーティの連携が必須だな。

冒険者のギフトは、一つの能力に特化している場合が多い。攻撃と速度、あるいは防御など、全てを極めることは非常に難しい。

速度に秀でた冒険者は、えてして攻撃が貧弱なものだ。

「仕方ない。幸い注意は俺に向いているようだし、せいぜい翻弄してやるよ！」

《大鋏》は出さない。速度重視で、《鋭爪》による攻撃を繰り返す。

関節や口元、腹の下など、柔らかい部分ならなんとか傷をつけることができた。

「デカいけど動きは遅いな！　当たる気がしない」

視界の端にキースを捉える。

予め決めておいたポイントに着いたようだ。

俺がリーフシュリンプの注意を惹きつけ、誘導する。そして、隙を作る。

そこに、キースが最大威力の攻撃を叩きこむ。

言ってしまえばそれだけの、単純な作戦だ。

「チチ……」

「疲れてきたんじゃないか？　衝撃波が弱まってきたぞ」

リーフシュリンプの動きが鈍ってきた。

その隙をついて、腹の下に潜り込む。

そして、少しずつダメージを与えていた脚の関節を、一気に切り裂いた。

「チチチィイイイ」

リーフシュリンプが絶叫して、横に転倒する。

その位置は、ちょうどキースの目の前だ。

「今だ！」

「よくやった。――《プロミネンス》」

戦闘開始時からずっと溜め続けた超高温の爆炎。

それが、キースの右腕から解き放たれた。

「はぁあああああああ」

爆炎は紅く閃光を放ちながら、リーフシュリンプの身体を貫く。

あまりの眩しさに思わず目を閉じる。

「どうなった⁉」

駆け寄って、リーフシュリンプを見ると、結果は明らかだった。

リーフシュリンプの腹に、大きな風穴が空いていた。その周囲は焼け焦げ、脚も半分以上吹き飛んでいる。

「ふっ。余裕だったな。やはり俺は最強だ」

「お膳立てしたのは俺だけどな？」

「仕方ない。お前も最強ってことでいいだろう。……エッセン」

俺とキースは軽く口角を上げて、拳を合わせた。

「あ、まだ少し息があるな。《大牙》、っと……いただきマス」

正直、俺にとっては討伐報酬よりもこっちのほうが大事だ。

リーフシュリンプの身体に喰らいつく。

『スキル《リーフシュリンプの空砲》を取得しました』

よし、無事スキル取得！

二度も戦いたくないから、ここでレベル最大まで上げておきたい。俺は無心でシュリンプの身を貪る。プリプリしていてめちゃくちゃ美味しい。

「……何度見ても慣れないな、魔物を生きたまま喰らう姿というのは」

「案外いけるぞ？　キースもやってみろよ。シュリンプも、クラブと同じで食用になる魔物だし」

「……そうだな」

「えっ」

冗談のつもりだったのだが、キースも俺の横に膝をつき、齧り付いた。

噛み切るのに難儀しているようで顔をしかめたが、ぐいと引っ張って無理やり千切った。そして、真顔で咀嚼する。

「……美味いな」

「だろ？」

これは、一種のアピールなのかもしれない。

俺のギフトを知った彼が、それを認めたことの表れだと捉えていいよな。

『ボスが討伐されました』

『初攻略報酬として《水精霊の祝福》を取得しました』

リーフシュリンプが絶命したのか、旅神の声が響いた。

「よし、目的達成だな」

「ふっ、これで俺はさらなる高みに行ける。お前の大道芸には負けないぞ、エッセン」

「誰が大道芸人だ。ま、俺がキース以上の攻撃力を手に入れるのも時間の問題だけどな」

火傷を克服したら、キースはギフトの使用に制限がなくなる。

彼の言う通り、より強くなれるのは確定だろう。

負けてられないな。

ポラリス以外にも、負けたくない相手ができた。

「ありがとう。助かった」

「おう。……ふはっ」

「なにを笑っている」

「いや、別に？」

キースが仏頂面で礼を言ってきたのを笑い飛ばして、俺たちはダンジョンを出た。

「冒険者さん、迷宮都市に着きましたぜ」

　ふわりとまどろむ意識の中で、不意に声が聞こえた。

「……んっ、あれ、キース？」

「寝ぼけてるんですかい？　せっかく寝言を言うなら女性の名前でしょうよ、そこは」

「あっ、す、すみません！　すぐ降ります！」

　そうだ、馬車に乗って迷宮都市に帰ってきたんだ。

　慌てて頭を下げて、荷車から降りる。御者の高笑いに送り出され、およそ七日ぶりに迷宮都市を歩く。

　ちくしょう、無意識に呼んだのがあの自信過剰残念イケメンの名前だなんて……。

　キースはニックにスキルを見せる約束をしているとかで、町に残ったというのに。

　元々、俺たちはソロだ。

　パーティを組む選択肢もなくはなかったが、馴れあうような間柄じゃない。

　これまで通り、別で活動して上を目指すことになった。

「まあ、負けるつもりはないけどな」

　今は夕方だ。少し赤く染まってきた空を見上げて、目を細めた。

「そうだ、ギルドに寄っていくか」

　久々にランキングボードを確認したいしな！

　ずらりと並ぶ大量のボードの中のどの位置にいるのか。それを確かめるのが楽しみなのだ。

下級冒険者ギルドに入り、足早にランキングボードの前まで向かう。

『68244位　エッセン』

着実に上昇(じょうしょう)している順位を確認して、小さく「よしっ」と呟く。

旅神教会の神官フェルシーが、町中での討伐をクエスト扱(あつか)いにすることで貢献度を増やすと言っていた。それに、今回はボスを倒した。

正直もっと上昇しているかと思ったけど、やはり上位になるとベテランも多く、なかなか上がらないな。

中級になれる50000位のボーダーはまだ遠い。

「エッセンさん！」

「あ、エルルさん。お久しぶりです」

「あ、はい。お久しぶりです……じゃなくて！　……こほん。報告書、読ませていただきました。大丈夫でしたか？」

カウンターから飛び出してきたエルルが、俺に詰(つ)め寄る。ち、近い……。

息がかかる距離まで顔を寄せる彼女から数歩離れて、両手のひらをひらひら振った。

「はい、大丈夫でした。俺はたまたま居合わせただけで、倒したのは他の冒険者なので」

「嘘です。エッセンさんも三体討伐したと書かれていましたよ」

「け、結構読み込んだんですね……」

「当然です。そ、その、担当している冒険者がトラブルに巻き込まれたんですから、受付嬢(うけつけじょう)の仕事です！」

冒険者ギルドに担当というシステムはないが、たしかにエルルさんには色々とお世話になっている。

心配をかけてしまったようだ。

「ダンジョンの氾濫以外で市街地に魔物が出現するなんて、他国でもほとんど例がありません。ダンジョンの結界は生きた魔物を通しませんから。なのに、いったいどうやって……」

いつもは理性的なエルルさんが、早口でまくしたてる。

「エルルさん、落ち着いてください」

「奇跡的に被害がなかったとはいえ、楽観できるような事態ではありませんよ」

「いえ、そうではなく、その……」

ちらり、と周囲に視線を向ける。

エルルさんはそんな俺の視線を辿って、ぽかんと口を開いた。

「……あ」

夕方のギルドはダンジョン帰りの冒険者で混雑している。

そんな彼らは手や足を止めて、こちらをじっと見ていた。

いつも知的で落ち着いているエルルさんが取り乱して、俺のような冴えない冒険者に詰め寄っているのが珍しいのだ。みんな、好奇心を隠そうともしない。

エルルさんの顔がみるみる赤くなる。

「と、ともかく、エッセンさんが無事でよかったです。私はこれで！」

「あ、はい。ありがとうございます」

がばっと髪が浮くくらい勢いよく頭を下げて、エルルさんはカウンターの向こうに戻っていった。そのまま脇目も振らず控え室に入っていく。「うう～」といううめき声が聞こえるのは気のせいだろうか。

「それにしても、言われてみればそうだな……。なんであのパーティは、ダンジョンの外にリーフクラブを出せたんだ？」

魔物を生け捕りにした方法にばかり気を取られて、結界を突破できた理由にまで気が回らなかった。

リーフクラブを眠らせたのは《催眠術師》の少女の力だ。他にも魔物の注意を惹きつけるスキルも使用していたようだから、魔物の精神に作用するギフトなのだろう。魔法系の中でも珍しいタイプだな。

でも、それはあくまで眠らせただけ。生きている魔物は、ダンジョンの結界を通り抜けることができない。

例外は、魔物が増えすぎて結界が耐えられなくなった時……いわゆる、氾濫と呼ばれる大災害だ。だが、《潮騒の岩礁》は定期的に冒険者が訪れているから、氾濫の危険は少ない。

「結界は正常に働いていたのに、ダンジョンの外に魔物を出すことができた。なぜだ？」

旅神のギフトである《催眠術師》に、そのような効果があるとは思えない。それは旅神が自らの理を違えることになるからだ。

「……俺が考えても仕方ないか」

旅神教会も動いているのだし、《催眠術師》の少女以外の三人もすぐに捕まるだろう。

そうすれば、真実は明らかになる。

……最後まで残ってリーフクラブを食い止めた少女はなんとか助かってほしい気持ちもある。男たちの指示でやっていたようだし。

でも、それも含めて俺にできることはない。

「気持ちを切り替えて、明日からもダンジョン攻略、頑張りますか！」

より高いランキングを目指して！

＊＊＊

エッセンがギルドを訪れている頃。

迷宮都市の外れ。とある廃教会に、二人の男が立っていた。

一人は漆黒の法衣を身にまとい、フードに隠れて顔は見えない。もう一人も同じく黒ずくめだが、身体に張り付く動きやすい装束だった。

その前で頭を地面に擦り付けるのは、三人の冒険者だ。

「お、俺たちのせいじゃないんだ！　俺たちは言われた通りにやった！」

「そ、そうだ。あの女が悪いんだ！」

「軽く金を稼いだら、あんたたちの言うことを聞くつもりだったんだ！　ほ、ほら、生きた魔物が必要なんだろ？」

法衣の男は、冷ややかに彼らを見下ろす。

「やれ」

「はっ」

そして、黒装束の男に短く指示した。

装束の男が腰の剣……刀と呼ばれる片刃の剣に手を当てた。

カチリと音がした、次の瞬間、三人の冒険者の首が一斉に切り落とされた。

「わざわざ頭を垂れるとは、殺してくれと言っているようなものではないか。のう？」

「……お言葉ですが、どのような体勢だろうと手間は変わりません。同じように切るだけです」

「それもそうじゃな」

三人の命が失われた直後だとは思えないほど、穏やかな口調だ。

地面には血が広がり、滲んでいる。

「ふむ、汚れてしまったな。武者よ。喰ってよいぞ」

「ありがたき幸せ」

装束の男……武者が手を伸ばした。

手のひらから、黒い液体のような影がゆっくりと垂れる。それは次第に大きくなっていき、ある程度の大きさになると二つに割れた。

狼の口のような形になると、冒険者の死体を血一滴すら残さず呑み込んだ。影が戻った時、そこには一切の痕跡がなかった。

「……大したギフトは持っておりませんでした」

「下級冒険者など、その程度であろう」

「しかし、老師もお人が悪い。リーフクラブを解き放ったのは他でもない老師ですのに」

「ほっほっ。奴らはどうせ実験体よ。結界を突破する術式を試せれば十分」

「《催眠術師》の女は少々もったいなかったのでは？」

「なに、代わりならいくらでもおる。あの小娘はなにも知らぬしの」

老師と呼ばれた男は、長く伸びた顎鬚を手でさすった。

「さて、では次の手を打とうかの。ちょうど良い冒険者がおったのだ。《聖光術師》のウェルネス君と言ったかの」

「上級冒険者ですか？　まだ早いのでは」

「なに、彼は少々悩み事があるらしいからのう」

「なるほど。御しやすいというわけですか」

「左様」

老師と武者は、目を合わせて頷いた。

「ククク、迷宮都市に知らしめるとしよう。我ら《魔神教会》にかかれば、いつでも魔物を町中に解き放てるのだと」

「はっ」

そして、二人は音もなく消えた。

七章　【職人】リュウカ

俺は《健脚》で朝からひとっ走りして、新たなダンジョンに来ていた。

《鳳仙の渓谷》は、Ｅランクの中で最難関に位置付けられるダンジョンだ。

「エルルさんが最初に薦めなかった理由がよくわかるな……」

谷底から、空を見上げる。

正確には、空を飛び回る鳥の魔物を。

「飛んでる魔物はフォレストバット以外だと初めてだ」

フォレストバットはただの小さいコウモリなので、それほど脅威ではない。

でも、《鳳仙の渓谷》の魔物は違う。

凶暴な猛禽類が、大きな翼を広げて優雅に滑空していた。

単純なサイズだけでもフォレストキャットほどある。

なおかつ空中を自在に飛び回るというのだから、難易度は推して知るべし。

「強そうだな……わくわくするね」

このダンジョンで生き残れるくらいじゃないと、中級には上がれない。

下級冒険者にとって、最大にして最後の鬼門。

「さっそく狩るとするか。とり肉は好きだし——全部喰らう」

魔物のスキルもだいぶ慣れてきた。

即座に《健脚》と《大牙》、さらに《毒牙》《吸血》《鋭爪》《刃尾》を続けて発動する。

「よ……っと！」

低くしゃがみこんで、全力で跳躍した。

木の幹や枝を蹴り、さらに上空へ駆け上がっていく。

「届けえええええ」

「ピイイ！」

《鳳仙の渓谷》が高難度と言われている理由は、魔物が空を飛んでいると、攻撃が届かないからだ。

魔物側は好きなタイミングで攻撃できる。一方的に不利な状態で、警戒を続けなければならない。

もし有利に進めようと思えば、魔法や弓を使って遠距離から攻撃するか、俺のように上空に飛び上がって接近するしかない。

少々強引ではあるが。

「届いた！」

《鋭爪》の先が鷹の魔物、バレーホークの翼を浅く切り裂く。

「ピッ」

「逃がすかよ！」

バレーホークは少しよろめいたが、すぐに体勢を整えて旋回した。

俺から離れていく。

対する俺は、空中で自由に動けない。あとはこのまま落下していくだけだ。

だが……ここから攻撃を届かせるスキルが一つだけある。

「《リーフシュリンプの空砲》」

スキルを発動すると、右腕がハサミに変わった。

《大鋏》よりも一回り小さい。切断には向かなそうな細長いハサミを、まっすぐバレーホークに向ける。

「ついに遠距離攻撃ができるようになったんだよ！」

ハサミを勢いよく閉じる。

瞬間、空気が圧縮され熱量を持った塊となり……発射された。

「ピエエ‼」

射程はそれほど長くはないが、中距離であればかなりの威力を発揮する。

衝撃波はバレーホークの胴体を打ち付けた。

「よし！」

ホークがぐらりと揺れ、頭から落下する。

それを見届けて、空中で姿勢を正して着地に備えた。

《健脚》のバネを利用して衝撃を殺し、転がって受け身を取る。

「おお、地面が柔らかくてよかったな。さて、ホークは……」

同じように落下してきたはずのホークを探す。

ホークは少し離れた場所に落下していた。まだ息があるのか、びくびくと痙攣している。

「速度と攻撃重視で防御方面は弱い、と……。隙を突けばなんとか倒せそうだ。にしても、《空砲》はすごい威力だな」

綺麗に命中したとはいえ、一撃でダウンさせるとは。

さすがボスのスキルとでも言おうか。

「じゃ、いただきマス！」

がぶりと齧り付く。

《星口》を使ってもいいが、噛み切る力があまり強くないので柔らかい魔物にしか使えない。

「羽根は食べるもんじゃないな……。肉は悪くない。鶏のほうが美味いけど」

豊神と農家の大切さを実感しながら、肉を呑み込んだ。

『スキル《バレーホークの炯眼》を取得しました』

名前からして、眼に関するスキルだろうか。

「《炯眼》」

試しに使ってみる。

すると、視界が一回り広がり、鮮明になった。遠くまでくっきりと見ることができる。

さらに……。

「なんだ、これ………。二つのものを同時に見ることができる……？」

普通、視界のうち一点に焦点を当てる。

だが、今の俺は片目につき一つずつ、合計二か所に焦点を当てているのだ。どちらも明瞭に認識できる。

「視界が広がって、遠くまで見えて、二か所同時に見ることができる、と……。かなり良いんじゃないか、これ」

具体的な使い方は思いつかないけど、便利に思える。

あと、動体視力もかなり高いようだ。

「うぇ、気持ちわる」

慣れない視界に酔ったような感覚になり、スキルを解除する。

これも練習が必要だな……。

「ヴィイイイ」

「……っ⁉」

背後から突然、鳴き声が聞こえた。

咄嗟に身を翻して、地面に転がる。だが、避け切れなかったのか腕に焼けるような痛みが走った。

「バレーイーグルか！」

「ヴィイ」

脚の爪に引っ掛かれたようだ。幸い、傷は浅い。

バレーイーグルは、ホークよりもかなり大きい。

精悍な身体つきと、巨大な翼。嘴は大きく、力強い脚でしっかりと地面を掴んでいる。

ホークよりも凶暴で、強い鷲の魔物だ。

「そっちから来てくれるなら好都合だよ」

「ヴィッ」

イーグルが再び飛び上がった。

低空飛行で旋回を繰り返す。視線は常に俺を捉えている。標的に選ばれたようだ。

「《渓谷》はいつ攻撃されるかわからないからキツイな……《大鋏》」

イーグルを見失わないように注意しながら、《大鋏》を構える。

あの巨体も《大鋏》で掴めば倒せるはずだ。動き回る相手に《空砲》を当てるのは難しい。カウンターで倒す。

「これ使うと服に穴が空くんだよな……。まあ、背に腹は代えられないか。《黒針》」

外套を脱いで、肩からウニの棘を出す。外套は高いので大事にしないと。

《黒針》は、俺が持つ唯一の防御スキルだ。肩だけとはいえ、伸びた針は頭部の防御にも使える。

「ヴィイイイ」

くるくると俺の上空を回っていたイーグルが急降下してきた。

それに合わせて、《大鋏》を振り上げる。

だが、こんな見え見えの攻撃、空中にいるイーグルにとって回避は容易い。

イーグルは少しだけ回転して、ハサミを掻い潜った。そして、太い脚で俺を狙う。

「くっ！」

ここまでは想定済みだ。

身体を捻って、イーグルの脚に《黒針》を合わせる。同時に、《刃尾》を伸ばしてイーグルの腹に突き刺す。

「ヴィイイイイイイ！」

「終わりだ！」

体勢を崩したイーグルを《大鋏》で挟み込む。これでもう抵抗はできない。

「いただきマス！」

噛みつくと同時に《毒牙》によって麻痺毒を流し込む。

ついでに《吸血》によって血を吸い、体力を回復させた。

『スキル《バレーイーグルの鳥脚》を取得しました』

「ふう……」

かなりの強敵だった。

Eランクダンジョンの中で最難関と呼ばれるだけあるな。でも……今の俺なら勝てる。

「新しいスキル……名前の通り鳥の脚、だよな」

バレーイーグルから取得したスキルは《鳥脚》だった。

さっそく発動してみようとして……思いとどまる。

「おっと、危ない危ない。俺は学習したんだ。考えなしにスキルを使うと、服がボロボロになる、と……」

既に《黒針》のせいで肩は穴だらけである。スカートのように巻いている腰布の下はズボンにも穴が空いているし、左腕の裾は《大鋏》のせいでボロボロだ。

魔物に狙われないように木陰に移動し、靴を脱ぐ。

「《鳥脚》」

スキルを発動すると、俺の足首から下が鷲そっくりに変わった。

細長く無骨な指が四本伸びている。軽く動かしてみると、器用に折り曲げることができた。

試しに、落ちている枝を掴んでみる。

「おお、掴めた。不思議な感覚だな……」

鷲は脚で獲物を捕まえるらしいし、《鳥脚》もかなりの力が出せそうだ。

少し力を入れると、枝がぽきっと折れた。

「《健脚》と同時に使えるのか……ちょっとジャンプしてみよう」

ウサギのように毛の生えた筋肉質のふくらはぎから、突然鳥の脚が生えている。かなりおかしな見た目だ。

木の枝に向かって跳躍する。

ちょっと無理な体勢で着地してしまったが、《鳥脚》ががっちりと枝を掴んだおかげで落ちることはなかった。

「便利だけど、使い道に悩むな」

走りづらいので、地上で戦うには不向きだ。

立体的なフィールドで戦う機会があれば使用していこう。それこそ、ここ《鳳仙の渓谷》とか。

「おっ、三種目の魔物発見」

多くのダンジョンは、三種の通常種と一体のボスという構成になっている。

三種目の魔物も鳥だった。

「バレーファルコン……ダンジョンで最速の鳥だったな」

ハヤブサの魔物が、少し開けた場所で高速で飛び回っている。

ホークよりもさらに小さい。

飛行が速すぎて、ホークの時みたいに隙をついてジャンプで近づくのは難しそうだ。資料によるとあまり好戦的ではなく襲ってくることもないらしいので、カウンターで倒す手も使えない。

「捕まえるのが難しい分、羽根が高く売れるんだよな。ぜひ捕まえたい」

依然として金欠なのである。

リーフクラブの足を売って稼いだ金も、宿屋の飯が美味すぎてなくなった。旅ってお金かかるよね……。

「やっぱ、降りたところを狙うのが一番だよな」

鳥の魔物だって常に飛んでいるわけではない。

木に留まって休んだり、巣に戻ったり。たまに地面に降りていることもある。

なので、飛んでいない時を狙うという手もあるのだ。

……いや、そっちのほうが普通か。ジャンプして近づくなんて邪道もいいところだ。

「そういえば、こういう時に便利なスキルを取得したばかりだったな。《バレーホークの炯眼》」

目にスキルを宿した瞬間、視界が一気に広く鮮明になる。

あまりの情報量に頭痛と吐き気がこみ上げる。目を閉じて深呼吸し、再び開いた。

遠くまではっきりと見えるので、木の枝の隙間からファルコンを探すことも可能だ。

「お、発見」

少し離れた木に、バレーファルコンが留まっているのが見えた。

「でも高いな……。あれだと、近づいている間に逃げられそうだ」

《健脚》で登ろうと思えば、どうしたって木が揺れてしまう。気取られずに近づくのは不可能だ。

かといって、《空砲》の射程では到底届かない。衝撃波は中距離では絶大な威力を発揮するが、ある程度の距離まで行くと霧散してしまう。

「近づくのも無理、撃ち落とすのも無理。なら……」

マジックバッグに手を入れ、常備してある干し肉を取り出す。

「おびき寄せるか」

魔物は何を食べて生きているのか。

その答えは、何も食べなくても生きていける、だ。魔神が生み出すといわれている魔物だが、その生態は普通の動物とは大きく異なる。

しかし、動物と同じく食事をする機能も備えている。

本能なのか、それとも生きていけるだけで空腹感はあるのか。

たとえば、冒険者として入ってきた人間を食べる魔物もいる。結界がなかったころは動物を襲って食べていたし、草食の魔物なら植物を食べる。

「ファルコンは干し肉が大好物らしいからな」

身体の小さなファルコンは、人間を襲って食べることは少ない。

本来なら小動物を食べる魔物なんだろうな。ダンジョンの中にはファルコンより大きな生物しかいないが。

「試しにここに置いてみるか」

手頃な岩を見つけて、その上にセットする。

そして、自分は少し離れたところで息を潜める。

「さて、少し待って――は？」

長丁場を覚悟してしゃがみ込んだ瞬間、干し肉があった場所を黒い影が通りすぎた。

慌てて見に行くと、岩の上にあったはずの干し肉は消えていた。

「……《炯眼》」

鷹の目を走らせると、木の上で美味しそうに干し肉を頬張るファルコンの姿があった。

「ぴぴ」

「ほーう？」

心なしか、嘲笑っている気がする。

まあ最初から成功するとは思ってない。

もう一枚取り出し、岩の上に置く。

一歩、また一歩と後ずさる。だが、ファルコンは動かない。

「……もう腹いっぱいか？」

十歩ほど下がって、少し気を抜いた瞬間。

また、黒い影が干し肉を攫っていった。

「……俺の大事な食料をよくも」

ぴき、と青筋が走った気がする。

決めた。あのファルコンは絶対許さない。

「ぴっぴっ」

嘲るような鳴き声が耳に障る。

「三枚目だ」

引くに引けなくなったギャンブラーみたいなことを言いながら、再度干し肉をセットする。

「《健脚》《鋭爪》……速度なら俺も自信あるんだよ」

一歩ずつ後退する。しかし、俺が警戒している間は寄ってこない。

思い切って背を向けてみる。背後でファルコンが動いた気配を察して、すぐに振り向く。

ちょうど、ファルコンが飛び立ったところだった。

「はっははは！　人間舐めるな！」

「ぴっ⁉」

思わず悪い笑みが零れる。

ファルコンは速すぎるあまり、途中で軌道を大きく変えられないようだ。

真っすぐ飛んでくる黒い影に《鋭爪》を合わせる。

「捕まえた！」

軽く切り裂くと同時に、両手で掴んだ。

「《大牙》。いただきマス！」

干し肉の恨みは大きいぞ。

売却できる羽根は傷つけないように、頭に喰らいつく。

『スキル《バレーファルコンの銀翼》を取得しました』

無事にスキルを取得できたようだ。

羽根をむしりとって、マジックバッグに入れる。

なんでも、イーグルやホークよりも美しく、軽いのだそうだ。

「にしても……《渓谷》を選んだ時から期待していたが、ついに翼のスキルか！」

すぐに試してみたい衝動に駆られる。

なにせ、鳥の翼だ。

自由に空を飛び回る鳥に、誰（だれ）もが一度は憧（あこが）れたことがあるはずだ。

まさか、自分がその翼を手に入れることができるなんて。

「……いやいや、使うのは後だ。《刃尾》の時みたいに、練習が必要だろうし」

経験上、人間に存在しない部位の操作は困難を極める。

飛ぼうとして落下したところを魔物に襲われたら大変だ。

「それに、まだ飛べると確定したわけじゃないしな……服も破れるし」

色々と理由をつけて、なんとか自分を納得（なっとく）させる。

そうだ、無茶はしないと決めたじゃないか。

「今日のところは一旦（いったん）帰って……ダンジョン外で練習しよう」

口では納得しつつも、空を飛べたら何しよう、という考えばかりが脳裏（のうり）を巡（めぐ）る。

正直、もしかしたら飛べるかも、という気持ちでこのダンジョンを選んだ節もある。

どんどん人間から離れていくのはこの際、気にしないことにした。

旅神教会にバレたらやばそうだけど！

「きゃぁああ。私食べられるぅううう。美味しく食べられちゃうよぉおおお」

帰ろうとした時、空から心なしか楽しそうな女性の声が聞こえた。

目線を上げると……バレーホークの脚にがっしりと掴まれ連れ去られる女性の姿があった。

「一応ピンチ、なんだよな……？」

捕まっている女性はきゃっきゃっと楽しそうだけど、バレーホークに捕まっている状態が正常なわけがない。

ホークは脚で捕らえた獲物は絶対に逃がさないと聞く。

「《健脚》」

幸い飛んでいるのは木の多い場所だ。

枝や幹を足場にしながら、高速で上空まで駆け上がる。

「《鋭爪》《刃尾》」

バレーホークは女性を運ぶのに夢中で俺には気づいていない。

俺は外套を脱ぎ捨てながらバレーホークに接近すると、その勢いのまま背中に飛び乗った。

「ヴィ⁉」

「せっかく狩りに成功したところ悪いな」

爪で翼を、尾で背中を切りつける。

痛みに耐えかねて女性を手放したのを確認し、ホークから飛び降りる。空中でホークを蹴り飛ばし、加速する。

放り出された女性のエメラルドグリーンの髪が、まるで天を目指すように舞う。遅れて、彼女も手を伸ばした。

「手を掴め！」

「うん！」

俺の手が、彼女の手をしっかりと掴む。そのまま引っ張りあげ、両腕で抱くように包み込む。

救出できたが、このままでは二人して墜落する。

体勢が崩れているから、さっきみたいに《健脚》の応用で着地するのも難しい。

「一か八か……《バレーファルコンの銀翼》」

咄嗟にスキルを発動する。

名前の通り翼のスキルなら、この窮地を脱することができるはずだ。

背中に異様な感覚が走った。

見えなくてもわかる。俺の背中から、双翼が服を突き破って広がった。

その瞬間、落下速度が落ちた。

翼を動かす余裕はない。翼をただ広げたまま、風に乗って滑空する。

「飛べた！　けど、どうやって動かせば……」

「身体を傾けて！」

「あ、そうか！」

《刃尾》の時も、操作には苦労した。

でも、翼を動かさないで身体を傾け、進行方向を変えるくらいならできる。

眼下には翼を広げた俺の姿が影となって映し出されていた。

そのままゆっくりと滑空し、障害物のない平野になっている場所に着地した。

「ふう……危なかった」

女性を降ろし、額の汗を拭う。

まさかぶっつけ本番で飛行することになるとは。

「大丈夫か？」

「す」

「す？」

地面にへたりこんだ彼女は、ばっと顔を上げて目を輝かせた。

「すごい‼　なにこれー！」

勢いよく立ち上がり、俺の背後に回った。

麻色の作業着とゴーグルという、一風変わった服装だ。冒険者というより職人の装いに見える。

髪は鮮やかなエメラルドグリーン。胸にはさらしを巻いているが、隠しきれないほど大きい。

「え、えっ、翼生えてる！　ねね、これなんてギフト⁉　しかも、尻尾まで⁉　ウェランドリザードそっくり……！」

「……解除」

「ええー！　なんで消しちゃったの⁉」

「元気だな……」

魔物に殺されかけていたとは思えないほど明るい。

満面の笑みを浮かべて、目を爛々と輝かせている。なんなら口元にはよだれが見えるような……。

この表情がなければ可愛(かわい)らしい顔付きをしているのに、なんて残念なんだ。

「で、ケガはないか？　バレーホークに捕まってたみたいだけど」

「うーん、肩がちょっと痛いかな？　でも大丈夫！　いやー、どうやって獲物を狩るのか知りたくて試しに捕まってみたんだけど、そのまま食べられちゃうところだったよ。ありがとう」

「おう、無事ならよかっ……試しに捕まってみた？」

「あれはなかなか新体験だったね」

そう言って、うんうん、と満足そうに頷(うなず)く。

「あ、私はリュウカだよ。鳥のお兄さん」

「俺はエッセン。……で、なんでわざと捕まったりしたんだ」

「ふふ、聞きたい？」

鳥のお兄さん呼びを訂正(ていせい)したいところだったが、その前に疑問を口にする。

だが、よくぞ聞いてくれましたと言わんばかりの笑顔(えがお)を見て、聞くんじゃなかったと思い直す。

やっぱいいです、という言葉は、リュウカの圧にかきけされた。

「魔物って今は旅神の結界に閉じ込められているけど、元々は外で普通に暮らしていたわけじゃない？　バレーホークはたぶん、あの強靭(きょうじん)な肉体と脚で狩りをしていたんだよ。普通の鷲と同じなのかな？　それとも、魔物特有のなにかがあるのかな？　それを観察したくても、ダンジョン内には狩りの対象がいないでしょ？　かといって他の冒険者を犠牲(ぎせい)にするわけにもいかないし、なら私が試すしかないじゃん！」

「あ、もう大丈夫です」

「ていうか、魔物ってカッコいいよね！　動物みたいな見た目なのに、普通じゃありえない身体付きをしてたりするでしょ？　たとえばウェランドリザードは、まるで名匠が打ったかのような美しい刃が尻尾についてる。掴まれた感じ、ホークの脚は普通よりも大きいね。ああ、もっと魔物のことを知りたいなぁ……」

「なげぇ……」

変人だ……。

一度話し始めたら止まらないタチなのか、次々と言葉が出てくる。

リュウカの顔は息がかかりそうなほどに俺に近づき、心底楽しそうな顔をしているものだから、少し意識してしまう。

まあ、会話の内容は色気もなにもないのだが。

「あ、そんなことより」

延々と続くかと思われたリュウカの言葉が、ふと止まった。

嫌な予感がする……。

「さっきの翼とか尻尾とか、どうやってやったの⁉　あれ魔物の部位だよね！」

心なしか、さっきより距離が近い。

「あー……。一応、ギフトのことだから秘密で」

「むう。カッコいいのに」

「ははっ、旅神教会に聞かれたら怒られるよ」

「それは今さらなので！　よく怒られるから大丈夫！」

そりゃ、魔物のことをあんなに熱く語っていたら怒られるだろう。

魔物は旅神の敵。滅(ほろ)ぼすべき相手なのだから。

「ねー、いいじゃん。私、誰にも言わないよ？　お願いっ、もう一回見せて！」

「……《銀翼》」

「うぉおおお！」

テンション高いな。

リュウカは俺の背後に回り、触(さわ)ったり匂(にお)いを嗅(か)いだり舐めたりしている。

……舐めたりしている⁉

「すごい、本物の翼みたい……」

「解除」

「もう終わり⁉」

「ぞわぞわするから舐めないでくれ……」

「すごい、感覚もちゃんとあるんだ！」

聞いちゃいない。それどころか、さらに好奇心(こうきしん)を刺激(しげき)してしまったみたいだ。

「なんでそんなに魔物に興味あるんだ？」

「好きだからだよ」

「そりゃそうだろうけど」

「あ、一応実益も兼(か)ねてるよ！　私、魔物の素材加工が本業だからね。魔物への理解が大切なんだ」

ほぼ趣味(しゅみ)だけど。と小声で付け足す。

「え、職人なのか？　どうしてダンジョンに」

「ん？　改宗した」

「根性あるなぁ……」

「照れる」

半分皮肉だ。

職人は技神の管轄だから、ダンジョンに入ることはできない。

まさか趣味のためだけに旅神に改宗し、ダンジョンに来るとは。それでやったのが、試しに捕まってみるという奇行。

まごうことなき変人である。

「いいなぁ。私も翼とか尻尾欲しいなぁ」

「……なあ、普通魔物の部位を身体に宿していたら、訝しむものじゃないのか？」

「んん？　ああ、魔神の手先なんじゃないかって？」

少なくとも、俺は魔物の力を使う冒険者なんて聞いたことがない。

魔物は魔神という神の眷属だ。そして魔神も魔物も、他の神々や人類からしたら、絶対悪。

俺は自分が旅神から与えられたギフトの力によってスキルを使っていることを知っているが、他人から見たら危険な能力だろう。

だからこそ俺は、必要に迫られた時を除いて、人前では使わないようにしてきたのだ。

「これが外だったらわからないけど、ダンジョンの中だったらありえないよ。旅神の結界は冒険者しか抜けられないからね」

「ああ、そうか。魔神の手先だったとしたら、ダンジョン内に入れない」

「そういうこと。見たところ、結界も正常だし。それに、傍からみたら私も魔神側みたいなものじゃない？」

リュウカはあっけらかんと笑う。

たしかに、彼女の思想も一般的に見れば特殊だ。それこそ、旅神教会から異端認定されそうなほどに。

「でも、スキルを使うと服破けちゃうんだね」

「出費が痛い……」

「装備からして、まだ下級？」

「そうだけど、なんでわかるんだ？」

「わかるよ。職人だもん。中級以上の冒険者は、基本的に魔物素材の装備を使うからね。……そうだ」

俺の服は、たしかにその辺の服屋で買った安価なものだ。

ただの服でも、見る人が見ればわかるものなのか。

リュウカはにやりと笑って、両手を合わせた。

「私がエッセンの装備を作ってあげるよ！　助けてくれたお礼にさ」

「いいのか？」

「うん。もっと話聞きたいし」

そっちが目的だろ……。

変人……もとい、エメラルドグリーンの髪を持つ職人の少女リュウカと一緒にダンジョンを出た。

行きは走ってきたが、帰りはリュウカがいるから馬車だ。

近隣の村に寄って馬車に乗り、迷宮都市に戻る。……と思ったのだが、迷宮都市の外で降りて外周に沿って進んだ。

「どこに行くんだ？」

「私の工房は迷宮都市の外にあるんだ」

迷宮都市は高い外壁に囲まれ、その周囲には深く堀が彫ってある。これはダンジョンが多いという特性上、魔物氾濫の危険性が少なからずあるからだ。

また、周辺には平野が広がっている。

「ここだよ」

リュウカの工房は、門からかなり離れた場所にあった。

明らかに普通の工房ではない。

一言で言えば、巨大な蜘蛛のようだった。

工房から八本の脚が生えていて、地面に刺さり巨体を支えている。

「じゃじゃーん。カッコイイでしょ？」

「これは工房っていうより……」

「魔物みたい、だよねー。これ、職人のギフトで出した工房なんだ。《魔導工房》っていうギフト」

「工房を出すギフト……？　へえ、技神のギフトはみんなそうなのか？　面白いな」

「いやいや、普通は《鍛冶師》とか《料理人》とか、技術に関するギフトだよ。私のは変だよねー」

あはは、と明るく笑うリュウカ。

なるほど、これなら迷宮都市の外にあるのも頷ける。

一軒家よりも大きな工房部分に、その周囲に広がる脚。こんなものが市街地にあったら大騒ぎだ。見た目の問題はひとまず置いても、邪魔である。

「ほら、入って」

促され、梯子を上がり工房に入る。

中はかなり広い。しかし、用途のわからない工具や機械が煩雑に並べられていて、狭く感じる。奥には小さな炉のようなものも見える。

キッチンなどもあるようで、普通に暮らせそうだ。

さらに目を引くのは、大量の魔物素材だった。

爪や牙、革、あるいは鱗。多種多様な魔物の部位が所せましと置かれている。

「すごいな……」

「ふふん、そうでしょ。待ってて。今準備するから」

リュウカはごそごそと棚や箱を漁り、魔物の素材を作業台に並べた。

「改宗してるのに作れるのか？」

「うん。私のギフトは工房を出すだけだからね。作る技術は全部私のものなんだ。エッセンだって、改宗したからって身体の動かし方を忘れたりしないでしょ？」

「それもそうか」

「《鍛冶師》の人だって同じだよ。腕力が上がったり、炉の温度調節のスキルを使えたりするけど、実際に手を動かすのは自分だからね。技術はギフトとは別なんだ」

逆に言えば、ギフトがなかろうと技術さえあれば職人になれるということか。

もちろん、誰にでもなれるというわけではないだろう。血の滲むような努力の上になりたつ技術だ。

「までも、工房を動かす時は改宗し直さないとダメかな。改造する時とかも」

「……動くの？」

「当たり前じゃん。なんのために脚があるの」

職人界隈では工房が動くのは当たり前らしい。

このサイズの建物が移動するところを想像すると、下手な魔物より恐ろしい。

「さすがにあんまり高い素材は使えないかなぁ。ごめんね」

「ああ。作ってもらえるだけでありがたい」

「武器はいらないみたいだし、まずは上下の服かな。じゃ、とりあえず脱いで」

「えっ」

「ほらほら、早く早く」

リユウカはそう言って、俺の服に手を伸ばす。

工房の中で女性と二人きりという状況で、服を脱ぐというのはさすがに……。

しかし、職人相手に意識するというのも逆に失礼か。

このままだと無理やり剥ぎ取られそうな勢いなので、大人しく自分で脱ぐ。もちろん、下着は穿いたままだ。

「よし、じゃあ次はスキルを使ってもらおうかな。今使えるやつ、全部ね」

「……見たいだけじゃないよな？」

「ふふっ、もちろん見たいし触りたいし舐めたい……じゃなくて、装備を作るためだよ。スキルの邪魔にならない装備のほうがいいでしょ？　今はかなり無理して使ってるみたいだし」

目付きが非常に怪しいが、装備のためというのも嘘ではなさそうだ。

《刃尾》を使うための穴は空いているし、《黒針》は使うたびに穴が空く。先ほど、《銀翼》でも新たな穴を空けたばかりだ。

もし、それを改善する方法があるというならぜひお願いしたい。

「そんなことできるのか？」

「それが魔物素材のすごいところだよ」

「……わかった」

リュウカから少し離れて、魔物のスキルを全て発動する。

最も目立つのは《銀翼》だ。鈍色の翼が肩甲骨の下から生えている。大きさは両手を広げたくらいか。

また、左腕には《リーフクラブの大鋏》が、右腕には《リーフシュリンプの空砲》がある。同時に使うと一層おかしな見た目になるな。アンバランスなうえ、物を掴めないので不便だ。

《鋭爪》や《水かき》はハサミと同時に使えないので、使用していない。

「ふぉおおおお」

スキルを全開にした俺を見て、リュウカは鼻息を荒くしている。

計測器を手に、俺の身体をじろじろと眺めてくるものだから、なんとなく居心地が悪い。

「すごい、付け根はこういう風になってるんだね！　本当に人間の身体から生えてるんだぁ……。どれどれ」

「ひいっ」

細く冷たい指が、《刃尾》の付け根を撫でた。不意打ちに、思わず声を上げる。

それでもリユウカは止まらない。

「あんまり獣臭くはないね。味は……おお、フォレストラビットそっくり」

「おい……」

「翼もカッコイイ……。ね、一回発動し直してみて。どうやって生えてくるのか知りたい！」

「あ、ああ。わかった」

「次はハサミも！」

リユウカの勢いに、口を挟む隙すらない。

だが、彼女の楽しそうな様子に、思わず口元が綻ぶ。

正直、このスキルを受け入れてくれる人がいるとは思っていなかった。

肉体の一部を魔物に変える……そんなギフト、気味悪がって当然だ。そもそも、調理された魔物の肉を食べるというだけでも忌避する人が大勢いるのだから。

キースは共闘した仲だから、一応は認めてくれた。だが、やはり最初は驚いていた。

そう考えると、リユウカと出会えたのは幸せだったのかもしれない。

「うんっ、こんなものかな。作るのは明日！」

気づけば、陽が傾いて空が赤らんでいた。直に沈むだろう。

この工房はどういう仕組みか、壁がうっすらと光を放っている。ただの工房というわけではないらしい。

収納も、《マジックバッグ》のような効果を持っているらしく、明らかに箱に入りきらない量の工具が次々と飛び出してくる。

工房を見渡していた俺を見かねて、リュウカが口を開いた。

「私の工房はね、いろいろ魔法効果が付いていて便利なんだ。基本、なんでも作れるよ」

「そりゃすごいな」

「最初は手で持てるくらい小さかったんだけどね～。ここまで育てるのに苦労したよ」

「成長すんのかよ……」

それはほぼ魔物では。

彼女が魔物を好きな理由がよくわかる。

「あ、もうだいぶ遅くなっちゃったね。ご飯食べてく？」

「いいのか？」

「うん。すぐ作るね。私、料理も得意だから」

「……俺の服は」

「後で縫ってあげるよ。ボロボロだし。それとも、今さら恥ずかしがってるの？」

彼女はそう言って、いたずらっぽく笑う。

ここで食い下がるのも悔しいので、下着一枚のまま肩を竦める。

しかし、改めて見ると職人の技術は素晴らしいな。手際が良く、テキパキと進んでいく。

冒険者には到底できないことなので、尊敬する。

「適当に座ってて。ちょうどバレーイーグルの肉があるから、煮込むよ！　魔物肉、大丈夫でしょ？

ここ魔物の肉しかないから」

……この変人っぷりがなければ、もっと素直に尊敬できるんだけど。

いや、生きたまま齧り付く俺が言えた立場ではないが。

「ああ。むしろ主食だ」

そう、微妙な顔で肯定した時だった。

ガチャ、と扉が開いて、誰かが入ってくる。

「リュウカ、剣のメンテナンスを……え？」

自然と視線が入り口に向かう。

そこには、見知った人物がいた。目を見開くと、相手も同じように驚愕の色を浮かべる。

「ポラリス……？」

「エッセン」

そこには幼馴染であり、冒険者ランキング9位の上級冒険者でもある【氷姫】ポラリスが立っていた。

「エッセン、なにしているの？」

「あ、いや。ちょっと用事があって」

「そう」

ポラリスは無表情のままそう言って、工房に足を踏み入れた。

思わず、その姿を目で追う。

彼女をまじまじと見たのは久しぶりだ。冒険者になってから四年。最初の一年はパーティを組んだり、パーティを解消してからも何度かは会っていた。しかし、それからは遠目に姿を見かけるくらいで、ほとんど会っていなかった。

先日、背中越しに「待っててくれ」なんて言った手前、少し気まずい。

久しぶりの彼女は、驚くほど綺麗になっていた。身長も伸びて、顔付きも大人っぽい。

それでも、曇りのない澄んだ瞳は昔のままだった。

ポラリスは目を細めて、俺を見る。

「お邪魔だったかしら？」

「え？」

「いえ、そんな格好でリュウカと何をしていたのかと思っただけよ」

言われて、自分の身体を見下ろす。

スキルに合わせた装備を作るために、下着一枚になったのだった。

「こ、これは寸法を測ったりしていただけで……」

「別に、誤魔化さなくていいわよ。私はただの幼馴染だもの」

「怒ってらっしゃる……？」

「怒ってないわ」

二つ名の【氷姫】が示す通り、氷のような視線が痛い。彼女から漏れ出た冷気が室温を下げる。

俺は慌てて外套を纏った。工房が散らかりすぎて、服が見つからない。

料理を持ってきたリュウカが、ポラリスの姿を見ておやと首を傾げた。

「お待たせ～。あれ、二人、知り合い？」

「……同郷よ」

「おお～、面白い偶然だね。ポラリスも食べる？　バレーホークのお肉」

「遠慮しておくわ」

あくまで冷静なポラリスが怖い。

ポラリスとの関係は彼女の言う通り幼馴染で、ともに冒険者のトップを目指そうと誓いあった仲だ。

しかし、別に恋人関係というわけではない。

だから、後ろめたく思う必要はないのだが……いや、そもそもリュウカとは何もないし。

ダンジョン攻略を休んで女性と一緒にいることを怒っているのかもしれない。ポラリスとの差を思えば、休んでいる暇はないというのに。

「リュウカ、剣のメンテナンスをお願い」

「ほいほい」

ポラリスは腰に下げていたレイピアのような剣を、リュウカに手渡した。

さすが上級冒険者と言うべきか、素人目にも質の良さそうな剣だ。

「ポラリス」

「なに？」

まだ怒ってる……？

冷たい声音だ。冒険者になってからはあまり感情を表に出さなくなった彼女だけど、代わりに淡々としすぎていて怖い。

これが《十傑》のオーラか、などとアホなことを考えながら、なんとか言葉を探す。

「えっと、リュウカと知り合いなのか？」

「そうね。むしろエッセンがリュウカの工房にいることのほうが驚きよ。リュウカは迷宮都市でもトップクラスの上級職人だもの」

「え、そうなのか？」

「知らなかったの？　武器や防具の作成……特に魔物の素材を使い、魔法効果を付与することにかけて、リュウカの右に出る職人はいないわ」

そんなすごい人だったとは、人は見かけによらないな。

第一印象がホークに連れ去られている時だったから、変人のイメージしかない。

というか、上級職人にまで上り詰めたのに旅神に改宗したのか……。やっぱり変人で間違いなさそう。

「にひひ、照れるなぁ」

「事実を言っただけよ」

「そうそう、天才魔導技師だから、ぜひポラリスの強さの理由を調べたいなぁ。その細くしなやかな身体を、隅々まで……」

じゅるり、とリュウカが舌なめずりをする。

「はぁ……。見ての通り、変人よ」

「俺もそれを再認識したところだ」

「上級職人にまともな人間性は期待できないわ。みんな変人ね」

辛辣である。

変人でなければ上級になることはできないのかもしれない。

「えー、いいじゃん。エッセンは調べさせてくれたよ？」

「おい、誤解を招く言い方をするな」

「触ったりー、嗅いだりー、あとは舐めたり？」

全て本当のことだからタチが悪い。

だが、それは魔物のスキルに対してだ。俺の身体には違いないけど、変な意味ではない。

「へえ」

恐る恐るポラリスのほうを見ると、表情が完全に消えていた。身体の周りに雪の結晶が舞っている。

俺の手足が震えているのは、寒さか、あるいは恐怖か。

「ポラリス、本当に違うんだ。俺は、その……」

「言えないような関係なのね」

「そんなことはないぞ。普通に冒険者と職人の関係だ」

「いいのよ、そんなに必死にならなくて」

俺の歯切れが悪いのは、《魔物喰らい》の効果について話すべきか悩んでいるからだ。

ポラリスは俺のギフト名を知る数少ない人物の一人で、そしてそれが魔物の肉を食べても腹を壊さないだけの役立たずだと思っている。

真実を話したとしても、ポラリスが軽蔑するとは思えない。そこはもちろん信頼している。

でも、魔物を生で喰らうなんておぞましく、それで得た魔物の姿は醜悪で……本音を言えば、ポラリスに見られたくなかった。

散々みっともない姿は見られてきたけど、俺の中に残った最後の矜持が、ポラリスの前でカッコつけたがる。

「冗談よ。どうせリュウカが一方的に興味を持ったんでしょう」

「さすが私の相棒だね！　よくわかってるじゃん！」

「相棒になった覚えはないわ」

「そんなに心配しなくても、ポラリスの大事な幼馴染をとったりしないから大丈夫だよ」

「……そんな心配はしていないけれど」

「ふふふ。でも、そっか。前にポラリスが言ってた幼馴染君が、まさかエッセンだったなんてね～。迷宮都市も狭いね」

リュウカは剣のメンテナンスをしながら、楽しそうに笑う。

工房に備えらえた謎の器具を使っている。魔法的ななにかが起動しているのはわかるが、それ以上のことはわからない。

しかし、作業が進むにつれ剣の輝きが増している。

「あなたほどの職人が、エッセンに装備を作るの？」

「うん。ちょっとした縁でね。ほんのお礼だよ」

「そう」

リュウカはちらりと俺を見る。

一応、誰にも言わないという約束だったからな。魔物のスキルについては避けて説明しているようだ。

二人して隠し事をしている俺たちに、ポラリスの目はさらに怪訝そうになる。

「私が作るんだもん。エッセンはさらに強くなるよ」

「……それは、楽しみね」

しかし、リュウカの続く言葉で、ポラリスは口元を綻ばせた。

「それでなくては困るわ」

「ああ。絶対追いつく」

「負けないわよ」

順位の差は歴然なのに、ポラリスは俺を対等に見てくれる。

それが嬉しくて、早く強くならなければ、という思いが一層強くなる。

「はい、終わったよ」

「ありがとう。また来るわ」

ポラリスは剣を受け取り、満足そうに眺めてから腰に戻した。

そして、背を向けて工房を出ようとする。

しかし、外から扉が開いたことで足を止める。

「ポラリス、いつもより遅いじゃないか。どうしたんだい？　……おや」

「ウェルネス……」

新しく入ってきたのは、金色の軽装鎧と金髪が特徴的な、キラキラした男性だった。

ウェルネスと呼ばれた彼は、白い歯を見せて笑った。

「どうしてここに下級冒険者がいるんだい？　この工房は、君のようなみすぼらしい男が来るところではないよ」

意地の悪い笑みで、俺に言い放つ。

「やめなさい、ウェルネス」

ポラリスが鋭く静止の声を飛ばすが、どこ吹く風だ。

「はぁ。ポラリス、君もこのような男と同じ空間にいてはいけない。君の美しさが汚れてしまうだろう？」

「……おい、なんだその言い草は」

「やれやれ、これだから下級は、口の利き方もなっていないようだね？　僕は上級冒険者だよ。君と違って、上級地区に住むことができる高貴な身だ。ポラリスと同じくね。薄汚い下級冒険者とは住む世界が違うんだよ」

上級冒険者。ランキング上位一万人のみが名乗ることができる、最高位のランクだ。

圧倒的に格上だ。

「リュウカさん、君だって、こんな冒険者を迎え入れるなんて格が落ちるよ？　顧客はちゃんと選ばないと」

「んー？　選んでるよ。知っての通り、私は気に入った相手にしか装備を作らないからね」

「彼に装備を作るのかい？　それなら僕にも……」

「前に言ったじゃん。あなたには作らない」

「ちっ。まあそれはいいよ」

リユウカの毅然とした態度に、ウェルネスは不快感を露わにする。

改めて俺に向き直り、見下すように笑った。

「そうだ、名乗ってなかったね。僕はウェルネス。君と違って、旅神から強力なギフトを授かった天才さ。そして……。ああ、これはポラリスの口から言ってもらおうかな」

「なにをだ」

「僕とポラリスの関係だよ」

ウェルネスは、ポラリスの耳元に顔を寄せて、なにかを囁いた。

「…………わかってるね？」

「……っ」

その瞬間、ポラリスはきっと口を結んで青ざめる。そして、ウェルネスを睨みつけた。なにを言われたんだ？

「さあ、君の口から言ってあげて」

「ウェルネスは私とパーティを組んでいるの。それと……恋人よ」

その言葉は、俺の脳を大きく揺さぶった。

喉が詰まって言葉が出ない。

ポラリスの顔は、悔しそうに歪(ゆが)んでいる。

これはいったい、どういう表情なのだろう。なにを意味しているのかわからなくて、ただじっと見つめる。ポラリスは目を合わせない。

「はははははっ！　そうだ。わかったかい？　ポラリスはもう僕のものだから、これ以上付き纏わないでくれよ。さあ、ポラリス。帰ろう」

ウェルネスとポラリスは、連れだって工房を出て行った。

八章　信念

リュウカの工房を出た【氷姫】ポラリスとウェルネスは、迷宮都市までの道を歩いていた。

「これで満足した？　もうエッセンに関わらないで」

「ククク。君も見ただろう？　僕と恋人であると言われた時の絶望に染まった顔！　ああ、思い出しただけで笑えるよ」

「そう。嘘ついて喜べるなんて幼稚ね」

あの時、ウェルネスはポラリスに耳打ちしていた。

曰く、恋人だと言わなければエッセンを殺す、と。

ウェルネスはランキング二桁の猛者。そして、仲間には三桁の冒険者が数人いる。今のエッセンが太刀打ちできる相手ではない。

「これで名実ともに僕と君は恋人同士さ。どうだい、この後……」

「触らないで。いえ、触れようとした瞬間、あなたの指は凍り付いて二度と物を掴めなくなるわ」

「つれないね」

ウェルネスは肩を竦めて、ポラリスの腰に伸ばしていた手を引いた。

「先日言っただろう？　僕に何かあったら、仲間が彼を殺す。君は僕に手出しできないんだよ」

「あら、私から攻撃するわけじゃないもの。私の冷気に、あなたが勝手に触れるだけよ」

「……まあいいさ。強がる君を少しずつ落としていくのもまた一興。どうせ君は、僕から離れることはできないのだから」

エッセンが初めてランキングを上げた日。

エッセンに会いに下級地区へ行ったポラリスを、ウェルネスは尾行していたのだ。そして、ポラリスとエッセンが会話しているところを目撃している。

そこから、入念に準備を重ね……エッセンの生命を人質にとることで、ポラリスを手中に収めたのだ。

ポラリスは身体に触れることだけは抵抗するが、エッセンの安全を思えばウェルネスの同行を拒絶することができずにいた。

（このことを知れば、エッセンは怒るわよね。自分のために私が自由を奪われているなんて、絶対許せないでしょうし）

ポラリスは奥歯を噛みしめて、淡々と歩みを進める。

逆の立場だったら、自分のことなど気にするなと怒るだろう。簡単にやられはしない、と。

（でも、私の中で一番優先順位が高いのはエッセンなの。私が少し我慢するだけでエッセンの無事が保証されるなら、私は……）

先ほどのエッセンの姿を見て、少し嬉しくなる。

身体付きは以前よりもがっしりしていて、目には自信が宿っていた。さらに、リュウカに認められるだけの実力。……彼女は気まぐれだから、それは偶然かもしれないけど。

そして、日々駆け上がっていくランキング。その速度は、かつてのポラリスすらも超えている。エッセンはこれから成長していくのだ。その歩みを、自分が止めるわけにはいかない。

「クク、それにしても、彼はもうダメかもしれないね」

「……なんのこと？」

「彼は君を目標に頑張っていたんだろう？　そんな君に見捨てられたと知ったら、彼はもう立ち直れない。ああ、せいせいするね。可憐な君に、いつまでも薄汚い男が付き纏っているのは耐えられないよ。横恋慕することすら許せない」

ウェルネスの言葉を聞いて、ポラリスは鼻で笑った。

「みくびらないで。エッセンはそんなに弱くない」

「どうだか」

「エッセンは誰よりも強いの。卑怯な手を使うことしかできないあなたより、よほどね。この程度のことで諦めたりはしないわ」

たしかに、傷つけてしまったかもしれない。

しかし、ポラリスとエッセンの間にある信頼は、そんな脆いものではないはずだ。元より、恋人関係ではない。もっと深く、そして強い絆だ。

幼少期、弱くて泣き虫だったポラリスを引っ張ってくれたのは、いつだってエッセンだった。子どもの頃のエッセンは強くて、カッコよくて、みんなの、そしてポラリスのヒーローだった。

今だって、ポラリスはエッセンに勝っているなんて思っていない。

エッセンが本領を発揮すれば、誰にも負けない。そう信じているから。

かつて、虐待を繰り返していた家族から、ポラリスを助けてくれたように。

『俺、絶対に強くなって、これからもお前を守るから』

『……私も強くなる。エッセンを守る』

『ああ、じゃあ二人で最強になろう！　それならお互いに守れるな』

幼き日の会話が脳裏に蘇る。

二人が冒険者になったのは、逃避の側面もある。

村長の娘だったポラリスを、村から連れ出すために。

今でこそランキングの差はついてしまったが、ポラリスにとってのエッセンは、大きくて、強さの象徴だった。

「僕より強い？　はっ、下級冒険者が？　ありえないね」

「強さとは単純な武力のことではないのよ。あなたにはわからないでしょうけどね」

「武力、名声、実績、人脈……どれを取っても、僕のほうが優れているよ。わかっていないのは君のほうさ」

「そう思いたいなら好きにしなさい。でも……エッセンは必ず立ち上がる。そして、すぐにあなたを追い越すわ。私の隣にいるべきなのはあなたではなく、エッセンよ」

いっそ盲目的なほどに、ポラリスはエッセンを信頼していた。

ウェルネスは不機嫌な表情を露わにして、舌打ちする。

「ちっ。まあ、そう思いたいなら好きにすればいいよ。彼を失った時の、君の表情が楽しみだね」

「……もし強行手段に出ようとするなら、その前にあなたを殺すわよ。お仲間もろとも、ね」

当然だが、冒険者同士の殺し合いは国の法、旅神教会の掟の双方で禁じられている。

ポラリスとて人殺しをしたくはないが、いざとなればそれも厭わない。

「強がっていられるのも今のうちだよ。僕には力があるんだ。とある人が協力してくれてね」

「……力？」

「ククク。君のヒーローは、Ａランクの魔物に太刀打ちできるかな？　見物だね」

＊＊＊

昨日、リュウカの工房からどうやって帰ったのか覚えていない。

気が付いたら、リュウカが直してくれた服を着て、下宿先のベッドで横になっていた。

そのことに、朝日に起こされたことでようやく気が付いた。

「……起きないと」

いつもなら、元気よく起きてダンジョンに行く準備をしている時間だ。

それでも、昨日の出来事が脳裏をちらついて、身体を止める。

「今日はリュウカのとこに装備を取りに行かないとな」

約束があってよかった。

なにもなかったら、きっと外に出られなかったと思うから。

「そうだ。今日は装備を受け取って、《鳳仙の渓谷》に行こう。もっとスキルレベルを上げたい。そう、スキルレベルを……飛ぶ練習も……ランキングを上げる、ため、に……」

だらだらと起き上がって、井戸水で顔を洗う。

ランキングを上げて、何をしたいんだっけ。

ポラリスは上級冒険者で、《十傑》に数えられるくらいの実力者だ。当然、よりランクの高いダンジョンに日頃から挑戦している。

今まではソロでやっていると聞いていたけれど、別にパーティを組むことはおかしいことではない。

そう、わかっていたはずなのに。

ポラリスの隣に俺以外の冒険者がいることが、悔しくて仕方なかった。いや、醜く嫉妬していた。

そこは、四年前まで俺の居場所だったはずだ。そして、ランキングを上げて取り戻すつもりだったポジションだ。

けど、今のポラリスには違うパートナーがいて。さらに恋人関係でもあるという。

それなら、俺なんて必要ないじゃないか。

「昔は俺がいないとダメだったのにな」

そう思わず口走る。

「いやいやいやいや、待て。今のはさすがにダサいぞ、俺」

慌てて頭を振って、雑念を追い払った。

最後にもう一度勢いよく井戸水を顔にかけて、荷物を持って出発した。

リュウカの工房は、迷宮都市の外壁沿いにある。門を出て、そう時間はかからずたどり着いた。

どう見ても巨大な蜘蛛の魔物にしか見えない《魔導工房》に近づき、梯子を上る。八本の脚に支えられ、工房本体は宙に浮いているのだ。

ドアをノックして、返事を待つ。

「はいはい～」

「エッセンだ」

「入っていいよ～」

許可が出たので、扉を開けて中に入る。

工房の中は昨日よりもさらにちらかっていて、足の踏み場もない。

「後は最終調整すれば完成だよ～」

「……早いな。昨日寸法とったばかりなのに」

「ふふーん。作り始めたら楽しくなっちゃって」

そう言って、作ったばかりの装備を並べる。

「はい、着てみて」

まず手渡されたのは、ショートパンツだ。

「《刃尾》用の穴が空いてないみたいだけど」

「いいからいいから。私を信じて」

「ん？　わかった」

言われた通り、試着する。

ぴっちりとした素材で動きやすそうだ。

「じゃあ、尻尾出してみて」

「いいのか？　穴が空くぞ？」

「大丈夫だから」

「弁償とか勘弁してくれよ。……《刃尾》」

スキルを発動すると、尾てい骨のあたりから勢いよく刃のついた尾が生えてくる。当然、ショートパンツを貫いた。

「ほら、言わんこっちゃない……」

「解除してみて～」

「解除」

しゅるしゅると《刃尾》が身体に戻っていく。

「触ってみて」

「触る？　……おお、穴がなくなってる！」

「よし、成功だね。再生機能を持った魔物素材を使ってるんだ。形状記憶で、穴が空いても勝手に直るよ」

「それはすごいな」

続いて、革素材の膝当て、脛当てを受け取り、装着する。

「脛当てはラビットの脚を出すと少し緩んで、サイズ調整されるんだ」

「至れり尽くせりだな」

「でもホークの脚はごめん。あれを使う時は、靴を脱いでもらわないとダメっぽい。代わりに、靴の底を弾力のある素材にして、跳躍も着地もスムーズにできるようにしたよ」

「《鳥脚》は使う機会も少なそうだし、そっちのほうが助かる」

足首から下の形が大幅に変わるあのスキルは、靴を履きながらでは難しい。

使いたい時は脱げばいいだけなので、特に困らないな。

「じゃあ次は上だね。翼が生えるところも、尻尾と同じく再生するよ。棘が出る肩も同じ」

「……ほんとだ。何度見てもすごいな、これ。買ったら高いんじゃないのか？」

「私が作りたかっただけだから気にしないで。助けてもらったお礼だもん！　中級冒険者の上のほうまでは、全く問題なく使えると思うよ」

トップスは、袖が七分丈の同じくぴっちりとしたスーツだった。動きやすいのに、耐久性、耐衝撃も優れているらしい。防刃も完備だ。

革の腰当て、胸当て、背当て、肘当てなどを、その上から装着していく。どれも、スキルを阻害しない形になっている。

最後に額当てを付けて、終了だ。兜は牙を使う時に邪魔になりそうなので、今回はなし。腕も同様だ。

「革鎧も、Cランクの魔物の素材を使っているから結構丈夫だよ」

「Cランク!?　本当にいいのか？」

「将来への投資だよ。次からしっかりお金取るから、もっと強くなってね」

下級冒険者ではどうあがいても入手できない代物だ。

リュウカの厚意に感謝だな。

「……ああ。ありがとう」

でも、もっと強くなる、という言葉には、強く同意することができなかった。昨日までの俺なら、迷うことなんてなかったのに。

一新された装備の中で、俺の心だけが取り残されていた。

「昨日のこと、気にしてるんでしょ」

工具を片付けながら、リュウカが呟（つぶや）く。

「……そう見えるか？」

「うん、見えるよ」

優（やさ）しい声音（こわね）が、むしろ苦しい。

ウェルネスと俺のやり取りはリュウカも見ていたのだから、気になるのは当たり前か。俺は朝から酷（ひど）い顔をしているだろうし。

さっきから空返事なのは自覚している。でも、どうしても気分が上がらなかった。

「すまん、せっかく装備を作ってもらったのにテンション低くて。でも、まじで嬉しいから。助かるよ」

「装備のことはどうでもいいんだよ。私の趣味（しゅみ）みたいなものだし。私が心配しているのは、エッセンの心だよ」

「心……」

リュウカが目の前に立って、指先で俺の胸元（むなもと）を突（つ）いた。

「冒険者の人たちはね、みんな身体は強いんだ。魔物相手に命をかけて戦っているからね。心だって、恐怖（きょうふ）に打ち勝つ強い精神力と信念を持ってる。でもね、硬（かた）すぎる鉱石は、ちょっとした衝撃で簡単に砕けちゃうんだよ」

リュウカが作業台にある石を、金槌で叩いた。小気味いい音がして、砕ける。

「職業柄、よく会うんだ。信念が砕けちゃった人に。上級になるほど強い冒険者でも、珍しくないよ。信念ってね、それが正常な時はとっても力になるんだけど、消える時は全ての力を奪って消えていくの。氷が解けるみたいに、身体の熱を奪いながら」

俺が才能もなく、最下位に甘んじていても冒険者をやめなかったのは、信念があったからだ。

いつかポラリスの隣に並び立つという夢が、目標が、俺を頑張らせてくれた。

でも、今はどうだろう。

ポラリスの口から、俺がもう必要ないと告げられた。それでもなお、信念を保っていられるだろうか。

「冒険者はいつ死んでもおかしくない職業だからね。仲間を失って、そのまま再起不能になる冒険者も多いんだ」

「……俺が、その状態だと？」

「うん。私にはそう見えるよ」

別に、ポラリスは死んだわけじゃない。

今はパーティを組んでいるというだけで、俺が隣にいける可能性がなくなったわけでもない。

だから、気にする必要なんてないのに。

「俺はさ、ポラリスとまたパーティを組みたいって思ってたんだ。いつの間にか引き離されちゃったけど、いつか絶対に追いついてやるんだって」

「うん」

「……そう、思うことで自分に言い訳してたんだ。そうしないと、ポラリスの才能に嫉妬してしまうから。自分より弱いと思っていた女の子が先に行ってしまう。……好きな子に、見限られてしまう。それが怖かったから」

口に出したことで、ようやく自分の気持ちを理解することができた。

いや、心の底ではわかっていたんだと思う。でも、俺はその気持ちから目を逸らし続けてきた。

俺は怖かったんだ。

知らない冒険者に、いくら馬鹿にされたって構わない。でも、ポラリスにだけは捨てられたくなかった。

「だから、ポラリスがパーティを組んで、恋人ができたと聞いた時、ついに見捨てられたんだって思った」

「うん。よかった。自分の口からそれを言えるなら、大丈夫だよ」

「大丈夫、なのかな。俺はもう、頑張る理由が見つけられないかもしれない」

「そう？　もう見つかってると思うけど」

リユウカは俺の頬に手を当てて、小首を傾げた。

純粋な瞳に、まっすぐ見つめられる。

「俺は……」

「うん」

「俺は、諦めたくない」

ポラリスには既にパートナーがいるのだとしても、俺はその場所が欲しい。

独りよがりでも構わない。元より、俺は自分勝手だった。

家族に虐待のような目に遭わされながら、閉じこもっていたポラリスを無理やり連れだした時から、俺は自分勝手だ。

「俺はポラリスと一緒に上を目指したい。その思いは変わらない。絶対に」

「よく言えました」

リュウカは背伸びして俺の頭をぽんぽんと叩いた。

「悪い、励ましてもらって」

「いえいえ～。あーでも、もしポラリスに捨てられて寂しいんだったら、私と恋人になる？　私がエッセンの戦う理由になってあげよー！」

「は⁉」

いたずらっぽい笑みでそう言って、俺の首に腕を回した。

「うへへ、リザードの尻尾で絡まれながら？　それともファルコンの翼に包まれて？　ホークの脚に押さえつけられながら？　ああ、クラブのハサミで首を絞められるのもいいかも～！」

「あの～、リュウカさん？」

「そうじゃん、なんで気づかなかったんだろ。エッセンがいれば疑似的に魔物とあんなことやこんなことを……え？　え？　しかもどんどん出せる魔物増えてくの？　最高じゃん……」

やばい、リュウカが変態モードに入ってしまった。

しかも俺ではなくて、俺が出せるスキルに興奮してる。非常に微妙な気持ちである。

さすが、興味本位だけでバレーホークに捕まる女である。

「やっぱり私にしとかない？」

身の危険を感じて、リュウカの腕を振り解く。後ずさって、壁に背をつけた。

「い、いや。結構だ。俺はリュウカと付き合う気はない！」

「えー、なんで？」

「ポラリスが好きだから」

ただの幼馴染だったはずが、いつの間にか俺にとって特別な人になっていた。

いや、村にいたころから好きだったのかもしれない。

既に恋人がいる女性に対してそんなことを思うのは、失礼かもしれないけど。

「……ごほん。今のは冗談だけど」

「ほんとかよ」

「ポラリスは、私とエッセンがこんな風になっている可能性もあったのに、昨日は信じてくれたよね。エッセンは裸で私と二人きりだったのに」

「信じたっていうか、別に興味なかっただけなんじゃ？」

ただの幼馴染で恋人ではないから、関係ないみたいなこと言ってたし。

たしかに、ちょっと怒っている雰囲気だったけども。

俺の言葉を聞いて、リュウカが呆れたように大きくため息をついた。

「はぁ～～～」

「……なんだよ」

「エッセンは何にもわかってないなぁって」

馬鹿にするように薄目で俺を見る。

「あのね、ポラリスはもう二年くらい私の装備を使ってるけど、他の冒険者の話をすることなんてないんだよ？　エッセン、君以外の話はね」

「……でも、それは幼馴染だから」

「ただの幼馴染の話を、関係ない私に話すの？　しかもね、すごい楽しそうに話すんだ。いつもはにこりともしないのに、君の話をする時だけはだらしなく緩んじゃってさ。女の私でもドキッとするくらい可愛い笑顔で」

ポラリスが無表情なのは、幼少期の環境が原因だ。泣き顔を隠すために、感情を表に出さなくなった。

でも、俺の前では楽しそうにしてくれたんだ。本当に可愛くて、魅力的な笑顔で。

「あの男の前で、ポラリスがどんな顔をしてたか覚えてる？」

ウェルネスという上級冒険者が入ってきた時。あるいは、何かを耳打ちされた時。

ポラリスは……嫌そうな顔をしていた気がする。

「ポラリスはいつも君だけを想ってたよ。君だけを信じてた。ランキングが上がった時なんてすごかったんだから。エッセンが上がってくる！　ってはしゃいじゃってさ。待っててって言われたんだって。……まあ、名前までは覚えてなかったから、君と会っても同一人物だと気付かなかったけど」

思えば、俺はポラリスのことをほとんど知らない。

幼馴染だからなんでもわかっているような気がしていたけど、道を違ったあの日から、ポラリスのことは出回っている情報しかわからない。

だから、リュウカの話は新鮮だった。

「ポラリスはいつだって、エッセンを信じていた。……君は、ポラリスを信じられないの？」

「信じる……」

「十中八九……ううん、百パーセント嘘でしょ、あんなの」

リュウカは当たり前のように言い放った。

思わず目を見開いて、身体を乗り出す。

「嘘⁉」

「本当に気づいてなかったの？　どう見ても言わされてたじゃん」

リュウカは再び、深くため息をついた。

「嘘ってことは……ポラリスとあの男は恋人じゃないってことか？」

「うん」

「……ッ。行かないと！」

ポラリスが嘘を言わされている。

なぜだ？　わからないが、ポラリスの意思に反しているのは間違いない。

あの上級冒険者が、ポラリスに何かを強制している。止めないと。

「ストップ！　ダメだよ」

扉を開けようとしたら、鍵がかかっていて開かなかった。

この扉は、リュウカの意思で自由に施錠できるのだ。

「リュウカ、開けてくれ！　ポラリスのところに行かないと。ポラリスがあいつに何かされているなら、助けないと……」

「ポラリスはそんなに弱くないよ。ていうか、エッセンはウェルネスに勝てるの？」

「そ、それは……」

「嘘をついている理由は、私でもわからない。でも、ポラリスがそれを選んだなら、何か意味があるはず……。もう一度言うよ。エッセン、ポラリスを信じてあげて」

リュウカは俺の手を優しく包み込んだ。

「……そうだよな。二度も悪い。やっと目が覚めたよ。早く強くなって……堂々と、ポラリスとパーティを組む」

「その意気だよ！」

「ああ。ダンジョン、行ってくるわ」

「装備の点検修理が必要な時は、いつでも来てね！」

《渓谷》でリュウカに会えてよかったと思う。

彼女のおかげで、自分の目指すべき道がわかった。

工房を出て、《健脚》を発動する。

「あの男がもし、ポラリスを脅して自分のものにしようとしているなら……」

娘を虐待し、軟禁していた村長から助け出したように。

「俺が絶対に助ける。待ってろよ、ポラリス！」

いつも待たせてばっかりだな。
新しい装備に身を包んだ俺は、いつもより軽(かろ)やかにダンジョンまで走った。

九章　ボス攻略

リュウカの工房で装備を一新してから、五日が経った。
あれからダンジョンに挑戦し続けランキングも上昇している。
『61442位　エッセン』
これが、今朝見た時の順位だ。
着実に中級冒険者に近づいている。
だが……。
「まだ足りない」
《鳳仙の渓谷》で手に入る三つのスキルは、既にレベル最大まで上げた。
装備のおかげもあって、実力もかなりついてきた自信がある。
しかし、ウェルネスという上級冒険者には、まだ敵わない。
「もっと強くならないとな……。そのために、同じことを続けていても仕方ない」
スキルを増やし、レベルを上げる。
俺が強くなる方法は、それが一番てっとり早い。
これは《魔物喰らい》に限った話ではないが、ギフトやスキルの成長によって身体能力も強化さ

はあるが。

他のダンジョンに行くことも考えたが、効率を考えるとボスを倒すのが一番だ。その分、危険ではあるが。

俺はポラリスに追いつくために、できるだけ早くランキングを上げたい。

ボスを倒すことで得られる攻略報酬も、冒険者の成長に大きく寄与する。

そしてもう一つ。

れていくのだ。

『《鳳仙の渓谷》のボスエリアの結界に触れる。

『ボスエリアです。ボス戦を行いますか？』

「はい」

『ご武運を』

中に入ると、深い谷間の中心に巨大なボスがいた。

獅子の強靭な胴体に、鷲の頭と翼を持つ、異形の魔物。

前脚は鳥のようで、後脚は獅子だ。

「あれがバレーグリフォン」

「ギャォオオ」

俺を発見したバレーグリフォンが、雄叫びを上げて飛び上がった。

馬よりも遥かに大きな身体で、よく飛べるな。

よく見ると、翼を動かすと同時に脚で空中を蹴っている。

「飛べるのはそっちだけじゃない。《健脚》《銀翼》」

スキルを発動すると、俺の背中からファルコンの双翼が生えてくる。

「《鋭爪》《大牙》《毒牙》《刃尾》《吸血》《炯眼》」

この組み合わせは、いわば集大成とも呼べるスキル群だ。

身軽さと攻撃性能を両立させ、さらに空中での戦闘も可能とした、俺の一番強い形態。

「ボスだろうと……今の俺なら、勝てる」

「ギャォオオオ」

地面を強く蹴って、グリフォンに向かって跳躍する。

しかし、跳躍だけでは空高く舞うグリフォンには届かない。

俺は《銀翼》に力を入れ、羽ばたいた。

空を飛ぶ練習は、魔物を狩りながら行っていた。

それでわかったことは、このスキルでは自由に飛び回ることはできないということだ。

人間の身体に対して、翼が小さすぎるのが原因である。当然ながら、人間の身体は飛ぶのに適した形をしていない。

だから、《銀翼》を使っても自由に飛ぶことはできない。

だが、無意味というわけではない。

例えば、《健脚》でジャンプした後にさらに加速し高度を上げることもできる。

「ギャオ!?」

突然加速し肉薄する俺に、グリフォンが驚いたような声を上げる。

グリフォンは前脚を掲げて、俺を迎撃しようとした。

「方向転換だってできるんだよ！」

片翼だけ羽ばたき、身体を捻る。

《銀翼》によって、今まではできなかった空中での移動が可能となったのだ。長時間飛ぶことはできなくても、十分な強化だ。

グリフォンの前脚を掻い潜って、《鋭爪》で切りつけた。

「……っ、一回降りるか」

《銀翼》を広げ、空中を滑空する。

上空から安全に降りることができるようになったのも、翼のおかげだ。

「ギャォオオオオ」

「やっぱり簡単には見逃してくれないか……！」

空中はグリフォンのテリトリーだ。

一旦離脱しようとした俺に、グリフォンが追い打ちをかける。

「いいのか？　腹が丸見えだ。――《空砲》」

身体を翻し、上空を向く。

俺に向かって直進してくるグリフォンに、右腕のハサミで照準を合わせる。

そして、落下しながら発射した衝撃波がグリフォンの胸に直撃した。

「ギャォオ……」

「この体勢から攻撃できると思わなかっただろ」

翼によって再び体勢を戻し、ゆっくりと着地する。

リュウカが作ってくれた靴のおかげで、衝撃もほとんど感じない。

「さすがに一回当てただけじゃ倒せないか」

グリフォンも一瞬苦しそうに呻いたが、すぐに上空を駆けて高度を上げた。

こうなると、もう一度ジャンプしなければ攻撃が届かない。

「倒すまで何度でも跳ぶ！」

先ほどと同じように跳躍し、グリフォンに迫る。

だが、グリフォンも学習したようだった。元より、空中ではグリフォンのほうが自由に動ける。

グリフォンは冷静に距離を取り、俺の速度が落ちたタイミングを見計らって、背後から迫った。

「くそ！」

咄嗟に靴を脱ぐ。

「《鳥脚》」

グリフォンの前脚が、俺の右腕を掴む。同時に、俺の脚がグリフォンの身体を捉えた。

空中で絡み合う。こうなってしまえば、あとはインファイトだ。戦術も何もない。

「《大鋏》《黒針》」

ウニの針でグリフォンの嘴を受けないようにしながら、大鋏で脚を挟んだ。同時に《刃尾》を伸ばして突き刺す。

「ギャォオオオオオオ」

「終わりだ！」

俺を掴んでいたほうの前脚を、《大鋏》で大きくえぐる。痛みで拘束が緩んだ隙に、《鳥脚》に力を入れて身体を起こした。

爪でグリフォンの身体を掴みながらよじ登り、背中に飛び乗る。

「いただきマス！」

空中で食事することになるとは思わなかった。

グリフォンの獅子のような背中に、思い切り噛みついた。

『スキル《バレーグリフォンの天駆》を取得しました』

麻痺毒を大量に注入したことで飛べなくなったグリフォンが、地面に落下する。

衝撃の寸前に離れることで、俺は無事だった。

「危なかった！　でも勝てたな」

グリフォンに掴まれた肩の傷も、《吸血》によってすでに回復している。

『ボスが討伐されました』

『初攻略報酬として《風精霊の祝福》を取得しました』

《鳳仙の渓谷》の初攻略報酬は、《岩礁》と同じく精霊の祝福だった。

しかし、《水精霊の祝福》とは少し方向性が異なる。

《風精霊の祝福》は、微弱な風が身体を包み、暑さをやわらげ涼しくしてくれるらしい。あまり実感はないが、砂漠や火山のダンジョンなどでは重宝するのだとか。

持っておいて損はない祝福だ。寒い場所でも、風の壁が冷風を防いでくれる。

「さて、グリフォンのスキルはどんな感じかな。《天駆》」

使用しても、見かけ上の変化はなかった。

《フォレストバットの吸血》と同じタイプだろうか。

「名前からして、天を駆けるんだよな……。そういえば、グリフォンって空を走っていたような」

試しに跳躍して、空中を蹴ってみる。

「おお⁉」

すると、見えない足場を踏んだように、さらにもう一段ジャンプすることができた。

空気を圧縮しているのだろうか。少し弾力がある。

「もう一回……って、あれ？」

さらにジャンプしようとしたが、空ぶりに終わった。

そのまま着地して、もう一度跳んでみる。すると、また空気を一回だけ踏めて、二回目はできなかった。

「一度だけ空中でジャンプできるってことか……？　結構便利そうだな」

もしかしたら、レベルを上げれば回数が増えるかもしれない。

《銀翼》に加えて、さらに空中戦闘が捗りそうだ。

「よし……あと三回くらい倒してレベル最大にするか」

《バレーグリフォンの天駆》のレベルを最大にした俺が続いてやってきたのは、以前にも来た《叢雨の湿原》だ。

ここのボスは倒していなかったことを思い出し、迷宮都市から近いこともあり挑戦することにしたのだ。

ウェランドリザードにフロッグ、スネークと、それほど時間は経っていないはずなのになんだか懐かしい。

最近は一日が濃いからな……。

ついでにクエストを受けてきたのでターゲットの魔物を狩りつつ、ボスエリアに到着した。

ボスエリアも他の場所と同じく、ぬかるんだ地面と背の低い植物が広がっていた。

『ご武運を』

恒例のセリフを聞いて、ボスエリアに進入する。

「シィイイ」

《湿原》のボスはウェランドバジリスクだ。

太いヘビの身体に、鶏のトサカと翼を持っている。

体格はそれほど大きくないが、恐ろしい能力を持っている。

「《炯眼》」

その能力に対応するため、目を強化して臨む。

《炯眼》は単純に目が良くなるだけではなく、視野が広がり、動体視力も上がる。空間把握の性能も上がるので、慣れればかなり有用なスキルだ。

敵のわずかな動きも見逃さない。そんなスキルだ。

「《健脚》……ッ！」

足を強化して身構えた瞬間、バジリスクの瞳が妖しく光った。

即座に横に跳んで、バジリスクの横に回る。

バジリスクの目から紫色(むらさきいろ)の光線が飛び出して、さっきまで俺がいた場所を貫(つらぬ)いた。

「あれがバジリスクの邪眼(じやがん)か！」

見ると、光線が触れた植物が白く、そして硬(かた)くなっている。

石化の邪眼……資料には、そう書かれていた。

バジリスクの瞳から放たれる光に質量はなく、熱もない。

しかし、触れたものを石にしてしまうという、恐ろしい効果を持つ。

「けど、やばいのは邪眼だけで本体は弱いって話だったな。《鋭爪》《天駆》《銀翼》《刃尾》」

ウェランドバジリスクは翼を持っているが、飛ぶことはない。

また、動きも遅(おそ)いので邪眼さえ気を付ければ問題なさそうだ。

「後ろから行けば……い⁉」

《炯眼》が異変を捉えたので、慌(あわ)てて身を屈(かが)める。

俺の頭を、石化の光線が掠(かす)めた。

「あっぶ……髪(かみ)の毛だけか」

手で触(さわ)ってみると、髪の毛が一部石になっていた。軽く引っ張るとぽろぽろと崩(くず)れる。

「後ろにも攻撃できるのかよ……」

バジリスクは一歩も動いていない。

首をぐるりと回しながら光線を放ち、周囲を無差別に攻撃したのだ。

長い棒を持って回転すれば、ちょうど今のような攻撃範囲(はんい)になるだろう。

ただし、その攻撃は触れたものを問答無用に石にする攻撃だ。

「さすがEランクダンジョンのボス……Cランク相当の魔物だな」

中級になるとこのレベルがごろごろいると思うと、怖くもあり楽しみでもある。

ともあれ、今はバジリスクだ。

邪眼の対処方法として、俺は既に考えてある。

「服や革鎧くらいなら貫通するけど、金属には弱いらしいな？」

「シィッ」

《銀翼》を広げて、地面を蹴る。

ファルコンの翼は、銀と黒に輝く丈夫な羽根を持つ。そしてこの羽根は、表面が金属のように硬くなっているのだ。リュウカが興奮しながら教えてくれた。

三回までジャンプできるようになった《天駆》で空中を駆け、頭上からバジリスクに迫る。

「シィイイ」

バジリスクの瞳が紫色に光った。

腕くらいの太さの光線が二本、上空にいる俺にまっすぐ向かってくる。

「頼むぜ！」

俺はそれを、《銀翼》で身体を包み盾にすることで防いだ。

身体は……石になっていない。光線が直撃した翼の部分は石像と化したが、スキルによって生み出した魔物の部位は解除すれば元に戻るので、問題はない。

「目を潰せばもう出せないだろ」

光線が止まったタイミングで、《鋭爪》によって目を潰す。

邪眼さえなければ、ただのヘビだ。いや、鳥か？

素早く脚を切りつけ、転倒させる。

無防備になった背中に、牙を突き立てた。

「《大牙》……いただきマス！」

バジリスクの主食は石らしい。

石化した動物を食べて生きているようで、肉も非常に硬い。味はヘビと鳥を合わせた感じだけど、臭みがすごい。

積極的に食べたい味ではないな。

『スキル《ウェランドバジリスクの邪眼》を取得しました』

『初攻略報酬として《雨精霊の祝福》を取得しました』

「たしか胃袋が売れるんだったな……解体は得意じゃないけど、せっかくだし取っていくか」

石をも消化する強靭な胃袋は、色々と使い道があるらしい。リュウカが欲しがっていた。

高値で売りつけてやろう。

他にも鱗や羽根を剥ぎ取った。

「《雨精霊の祝福》はたしか、雨に濡れなくなるんだったかな。わかりやすい」

たしかに、《湿原》に常に降り注ぐ霧雨が、冷たくなくなった気がする。

雨は体温を奪われるので、無視できるようになるならありがたいな。

「《ウェランドバジリスクの邪眼》」

続いて、《邪眼》を発動してみる。

名前からして、あの光線を使えるようになるのだろうか。

目に意識を集中して、光線を出そうと……。

「うお⁉」

視界が一瞬光って、細い光線が飛び出した。

それは地面の低木に衝突して、消える。

「ほんとに出た……」

恐る恐る低木に近づいて、光線が当たった場所を見る。

しかし、何も変化がなかった。

「あれ？　……もう一回」

次は至近距離で光線を当ててみる。

注意深く観察すると、人差し指くらいの太さの光線が触れるとたしかに石化していた。しかし、一秒後には元に戻る。

「なるほど、バジリスクと違って一時的に石化できるだけなのか」

てっきり見ただけで殺せる最強のスキルかと思ったが、そう甘くはない。

だが、一瞬でも動きを止められるなら非常に有用だ。

「よし、こっちのスキルもレベル最大まで上げるぞ！　効果時間延びるかもしれないし！」

ウェランドバジリスクを四回倒し、《邪眼》のスキルレベルが最大になったところでダンジョンを後にした。

陽は傾き始めているが、《湿原》から迷宮都市まではそれほど離れていないので問題ない。

《健脚》を駆使して、足早に帰路を進む。

「そうだ、素材をリュウカに渡しに行かないと」

バジリスクの素材をリュウカに頼まれていたことを思い出した。

彼女には世話になったから、このくらいの頼み事は引き受けよう。それに、正規の値段で買い取ってくれるらしい。

ギルドに売るよりも職人と直接取引したほうが双方にとってお得だ。

「ありがと～。はい、これお代だよ」

「こんなに貰っていいのか？」

「ボスの素材は高いんだよ。みんな、一回倒したら満足して何度も挑む人は少ないからね。時間もかかるし」

たしかに、攻略報酬さえ手に入れば何度も周回する理由はないか。

ボスは通常の魔物よりも強力だ。費用をかけずに安定して倒すのは、得意な相手でもないと難しい。

そう思うと、俺のギフトは恵まれているな。

多種多様なスキルが手に入るから、使い分けることで臨機応変に対応できる。

「じー……」

「なんだよ」

「ボスのスキルはどんなのだったの？　見たいな～」

リュウカは目をキラキラ……いや、ギラギラさせて上目遣いをした。

すぐ帰ろうと思ってたんだけど。

「グリフォンも倒したんだよね？　てことは、二つ増えたの？」

「……金取るぞ」

「なに言ってるの。スキルによっては装備の調整が必要でしょ？　職人として、知る義務があるんだよ」

「ものは言いようだな……。《天駆》《邪眼》」

根負けして発動したが、今回増えた二つに関しては見た目が変わるスキルではない。

それでも、効果を説明したら楽しそうにしていた。

本当に魔物が好きなんだな。

「邪眼、私に使ってみて！」

「は⁉」

「石化される機会なんてめったにないもん！　気になる」

頬(ほほ)を赤らめ、期待の眼差(まなざ)しを向けてくる。

話の内容がもっと普通(ふつう)だったら、リュウカみたいな美少女の表情に胸が高鳴っていたかもしれない。

「いや、危ないだろ」

「でも三秒で解けるんでしょ？」

「そうだけど……人間に使って無事で済むかわからないし」

最初は一秒程度だった効果時間は、レベルを上げたことで三秒まで増加した。

効果範囲は相変わらず、細い光線だけだ。局所的に石化して動きを鈍らせるくらいが関の山だな。フロッグに試し打ちした時は、膝に打って転倒させることができた。目線がそのまま照準になるため、狙いは正確だ。

効果時間が切れれば元通りに動き回っていた。

でも、人間にやっても無事だという保証はない。

「じゃあはい、私の手……はだめだ。足も……うーん、お腹は内臓が石化したら危ないかもだし……あっ！　じゃあ胸にしよう！」

「なんでそうなった？」

リュウカは俺のツッコミは無視して、いそいそと作業着の前側を開け放った。シャツを少し伸ばし、胸元を露出させる。

「胸なら少しくらい後遺症残っても大丈夫だよ！　どうぞどうぞ、遠慮なく凝視して」

「言い方！」

「見なきゃ石化できないじゃん。なにかあってもエッセンのせいにはしないから！　お願い！」

変人すぎる……。

ここで断ったら、自分でバジリスクに会いに行くと言いかねない。彼女は魔物をその目で見たいという理由だけで旅神に改宗するような少女だ。

「……わかったよ」

「やっぱりね。エッセンは胸が好きだと思ったよ」

「やっぱりやめようかな」

「うそうそ！　ポラリスは胸ないもんね！　エッセンが足派なのはわかってるよ！」

「まじで帰るぞ」

さっさと終わらせて、工房を出よう……。

リュウカの相手はボス戦より疲れる。

俺は《邪眼》を宿した双眸で、リュウカのシャツの中に視線を向ける。なに、見るだけならただの皮膚だ。首を見るのとなんら変わらない。

万が一貫通した時のために、真上から突き刺さないといけない。

ほとんど密着するような体勢で、胸元を開くリュウカの前に立つ。

「早くして……？」

少し潤んだリュウカの瞳が、上目遣いで俺を見上げる。

思わずごくりと唾を飲み込んだ。

谷間が惜しげもなくさらけ出され、真っ白な皮膚が月明かりを反射している。

いつも作業着だから知らなかったけど、かなり肉付きの良いタイプらしい。谷間は《鳳仙の渓谷》よりも深く、ウェランドフロッグよりも柔らかそうだ。

「馬鹿か、俺は」

くだらない考えを脳内から追い出し、《邪眼》を発動する。

両目から飛び出した光線が、リュウカの胸に突き刺さった。

「おおお、石になった！　意外と痛くはないんだねぇ。血とかどうなってるんだろう」

指先で触っては「固い！」「すごい！」とはしゃいでいる。

効果時間は三秒だけだ。すぐに解除されて、元に戻る。

「終わっちゃった……。戻る時も、後遺症みたいなのはなさそう。ねえ、エッセン」

「断る」

「もう一回……ってなんで！」

「当たり前だろ！　俺はもう帰るからな」

「発動する前にじろじろ見てたくせに～」

リュウカの声を聞き流して、俺は工房を出た。

十章　【聖光術師】ウェルネス

《聖光術師》ウェルネスは、とある酒場で仲間からの報告を受けていた。

「なに？　あの下級冒険者が諦めていないだって？」

「そうっす。むしろ以前よりやる気があるっていうか……」

「ちっ。てっきり絶望して冒険者をやめると思ったのに。それとも、ポラリスのことなんて忘れたのかな。それなら好都合なんだけど」

「さあ、それはどうだか……」

ウェルネスは苛立ちを隠さず、指先で机をしきりに叩いている。

正面に座る剣士風の冒険者は、上等な装備をつけているのにそれに似合わず縮こまっている。

料理には手をつけず、代わりにおずおずと口を開いた。

「あの、放っておいてもいいじゃないっすか……？　下級冒険者ですし、ウェルネスさんに何もできないっすよ」

「いいや、ポラリスは彼のことをずいぶんと信頼しているようだからね。彼女の心を折るためには、彼を利用するのが一番さ。それより、しっかりと嫌がらせはしているんだろうね？」

「え？　あ、いや、もちろんっす」

「わかってるだろうけど、僕の命令に従わなかったら、君の家族には死んでもらうからね」

「そ、それだけは勘弁してくだせえ！」

「ああ。君がきちんと働いてくれたらね。僕のおかげで上級冒険者になれたんだから、しっかりとやってもらわないと」

これがウェルネスのやり方だった。大切な者を人質に取り、強者を従わせる。彼はこうやって、順位と地位を上げてきたのだ。

彼の冒険者としての実力はせいぜい1000位程度だ。だが、おそろしく悪知恵の働く男だった。今回も、エッセンの監視には配下を使っている。いざという時に殺すのも、配下の仕事だ。

「そ、そうだ。ポラリスさんとは、あれからどうっすか？　あれだけの上玉を相手できるの、ウェルネスさんしかいないっすよね！」

「気安く名前を呼ばないでもらえるかな？　クク……まあ今は強情だけど、あの男に見捨てられたと知ったら彼女も自棄になるだろうね。僕のものになる日も近いよ」

「さすがっす！」

ウェルネスは愉悦に口元を歪めながら、ステーキを口に運んだ。

上級地区はまさしく上流階級の生活ができる。ただの酒場でも、高級で美味しい。

「しかし、いい加減待ちきれなくなってきたな」

「というと？」

「早くあの綺麗な身体を味わいたいんだけどね。まだ彼女は強気なんだよ。だからさ、君、ちょっとあの男の腕の一本でも取ってきてくれない？」

「は⁉　いや、それはさすがに……」

「なに、僕の命令を聞けないの？」

かちゃり、とナイフと皿が音を立てる。

その小さな音だけで、仲間の男はすくみ上がった。

「い、いえ！　そういうわけじゃ！　ただ、さすがに直接手をかけるのはどうかと……」

「そうか。そうだよね。良い提案だ」

「え、ええ。わかってくれたならよかっ――」

「じゃあ殺そう」

「え？　は？」

「生かしておいたら足がつくかもしれない。きちんと殺して死体を処理したほうが、リスクが低いもんね。なんだ、君も結構やるじゃないか」

ウェルネスは事もなげに、殺害を宣言した。

男は口をぽかんと開けたまま、声が出ないようだった。

「なんだい、元々、いざという時は殺すために君に監視させているんだろう？」

「しかし殺人はさすがに……。もし捕まったら、家族にも迷惑がかかるっす」

「二度と会えなくなるよりマシじゃないか」

言外に、やらないなら家族を殺すと言われ、男は青ざめる。

「なに、君が直接手を下す必要はないよ」

「そ、そうなんすね。では、ウェルネスさんが？」

「ううん。僕でもない。実はね、最近いいものを手に入れてね……」

ウェルネスは懐から拳大の球を取り出した。

赤い、水晶のような球体だ。半透明で、禍々しい。

「これは？」

「ふふ、実はね、この中には生きた魔物が入っているんだ。それもAランクの、強力な魔物だよ」

「魔物が⁉」

「声が大きいよ。……それでね、これを使うとダンジョンの外でも魔物を出すことができるんだ」

「そ、そんなものどこで……」

「とある人から貰ったんだよ。まあ、日ごろの行いの成果だよね。なんでも、僕の活躍に期待しているらしくてさ。魔物を持ち運ぶなんて技術、今までの常識では考えられない画期的なものだよね。クク……色々使い道があるよ」

「教会にバレたらやばいんじゃ……」

「バレなきゃいいんだよ」

《潮騒の岩礁》からリーフクラブを連れ出し、町中で暴れさせた冒険者がいた。現在、彼らは教会から指名手配されている。

魔物に与するというのは、旅神教会にとって重罪だ。

「この魔物を使って、あの男を殺してきてよ。大丈夫。直接手を下すわけじゃあない。たまたま現れた魔物が、冒険者を一人殺すだけだよ」

「お、俺にはできないっす！　魔物を放つなんて！」

「拒否権はないよ。そうだね、僕はポラリスと一緒に、特等席で観戦させてもらうとするかな」

男はがくがく震えながら、赤い宝玉を受け取った。

ウェルネスはステーキの最後の一切れを呑み込むと、ナプキンで口を拭き、にやりと笑った。

＊＊＊

『55053位　エッセン』

日課のランキング確認で……ついに、50000位台に入ることができた。

「よっしゃぁあああ！　もう少しで中級だ！」

下級と中級は順位によって分けられている。

50000位以内に入ることができれば、中級冒険者だ。

中級地区への立ち入り、居住が許可され、C、Dランクダンジョンへの挑戦ができるようになる。

あらゆる冒険者の最初の目標だ。

「長かったけど……ついにここまで来られたな。って、まだ喜ぶには早いけど」

ポラリスは三か月ほどで中級になっていた。

最下位脱出からひと月ほどしか経っていないことを考えると、俺もかなりのペースだ。まあ、その前に四年間くすぶっていたわけだが。

「ふん、その程度の順位で喜ぶな」

隣から、憎たらしい声が聞こえてくる。

あまり時間は経っていないが、久しぶりな気がするな。《潮騒の岩礁》のボスを倒した時以来か。

「……そう言うお前は何位なんだよ、キース」

「ふっ、あそこを見ろ」

錆び色の髪に真っ赤なローブという装いの残念イケメン……キースが、どや顔でランキングボードを指差した。

『５４５７８位　キース』

「俺のほうが上だ」

「誤差みたいなものじゃねーか！」

５００くらいしか変わらない。

いや、キースのほうが上なのは紛れもない事実なのだが、勝ち誇られるとムカつく。

「負け惜しみはやめたほうがいい。すぐに差は開くだろうからな。俺は最強の冒険者だ」

「あれから調子いいのか？」

「ああ。《水精霊の祝福》を得た俺に敵はいない」

「俺のおかげってわけね」

「ふん、そう言えなくもない」

キースのギフト《炎天下》は自分をも焼くデメリットがあったが、《水精霊の祝福》によってそれは緩和された。

元々攻撃力は高かったので、かなり強くなっていることだろう。

俺も負けるつもりはないが。

「雑魚なりにせいぜい頑張るんだな。中級で待つ」

「一緒に頑張ろうって意味かな？」

キースは朝から平常運転だな……。

「ところで」

「ん？」

「入り口横の柱のところ……お前をじっと見ていた男がいたが、あれは知り合いか？　ああ、待て。視線は向けるな」

キースが声を潜めて、俺に告げた。

俺を見ている男？

まさか、キースはこれを伝えるために話しかけてくれたのか。

「……《炯眼》」

鷹の目を宿し、視野を広げる。

このスキルなら気づかれずに確認できる。

取り立てて特徴のない装備と顔をした男だった。たしかに、今も俺のことを見ている気がする。

「いや、知らないな」

「そうか……」

「まあ俺は何かと悪目立ちしてたからな……悪名のせいで」

キースにも散々万年最下位などと言われたことだし。俺のことを一方的に知っている下級冒険者は少なくない。

「思い過ごしならいい。だが……あの男、ただならぬ気配を感じる。おそらく、強いぞ」

「え、キースってそんな勘の鋭いタイプだったっけ？」

「抜かせ。俺にできないことなどない」

どっちかといえば、無駄に自信だけあるポンコツのイメージなんだけど……。

とはいえ、彼の勘は馬鹿にできない。

「忠告ありがとう。気を付けるよ」

「ふん。勝手にしろ。俺はもう行く」

「おう」

キースはローブを翻して去っていった。

「俺なんか見てても楽しくないと思うけどな……」

大して金も持ってないし。

さて、俺も冒険に行きたいところだけど、どこのダンジョンにするか決めてないんだよな。

スキルを増やしたいので、行ったことのない場所にしたい。

ランキングのための貢献度を考えると、ＦランクよりもＥランクダンジョンのほうがいいだろう。

どうせならクエストがあるところがいいな。

「お悩みですか？」

突っ立ってうんうん唸っていると、背後から声を掛けられた。

受付嬢のエルルさんだ。

「あ、エルルさん。いいんですか？　カウンターにいなくても」

「冒険者のサポートが受付嬢の仕事ですから」

エルルさんは胸を張ってそう言った。

「ちょうど手が空いたんです。そうしたら、悩んでいるエッセンさんが見えたものですから」

「あはは……すみません、お手を煩わせて」

「いえいえ」

相変わらず、エルルさんのサポートは完璧だ。優秀すぎる。

冒険者一人ひとりの行動まで見ているなんて、《炯眼》を使った俺よりも視野が広そうだ。

ギルド職員がいなければ、冒険者はまともに活動することはできないだろう。感謝を忘れないようにしないとな。

「それで、そろそろ新しいダンジョンでしょうか？」

「はい。《渓谷》はもう攻略しましたので」

「それはすごい……！　エッセンさんの攻略ペースとランキングの上がり方は、職員の中でも話題なんですよ。まるで【氷姫】のようだって」

ポラリスの二つ名だ。

彼女は冒険者になってすぐに才覚を現し、駆け上がっていったからなぁ。その速度は今でも語り継がれるほどだ。

「大したことじゃないですよ……。ただ、がむしゃらなだけです」

「そんなことないです！　芽が出ない間も努力を怠らなかったからこそ、今のエッセンさんがあるんですよ。もっと自信持ってください」

エルルさんは前のめりになって、必死に励ましてくれる。

さすが、冒険者のメンタルケアも完璧だ。

「……こほん。それで、次のダンジョンでしたね」

心なしか頬が赤くなっている。

「ご提案なのですが……一つ、ギルドからの依頼をさせていただけませんか？」

「依頼……それは、クエストとは別ということですか？」

「はい。旅神からの試練とは別に、ギルドからもお願いをすることがあるんです。不足している素材の収集だったり、調査依頼だったり。信頼できる冒険者だけにお声をかけさせていただいております。あ、もちろん報酬は弾みますよ」

職人などが素材を求める場合、流通しているものを購入するか、冒険者から直接買い取ることになる。

だが、それでも足りない時は、冒険者に依頼することもあるのだ。

リュウカが俺にバジリスクの素材を頼んだのも、広義の依頼ということになる。また、《白霧の森》でフォレストキャットの茸を求められたのも依頼になる。

でも、ギルドから依頼されることもあるとは知らなかった。

「そうなんですか……。でも、俺は報酬よりもランキングを上げることが優先なんです」

エルルさんから信頼できる冒険者という評価をいただけたのは光栄だ。でも、今は早くランキングを上げたい。

「以前も申し上げたと思いますが、調子の良い時こそ危険ですよ。強くなったからと言って休みなくダンジョンに挑戦し続けていたら、いつか足を掬われます。エッセンさんはソロですから、特に注意しないと……」

「……それは、わかってますけど」

もしかして、エルルさんは俺が焦っているのを見透かして、依頼を提案してくれたのだろうか。

思えば、ろくに休んでいない気がする。

別に無理をしているわけではない。強くなっていく実感が楽しくて、休みたくなかっただけだ。

あるいは、休んでしまうと弱くなる気がして、足を止めたくなかった。

「依頼と言っても今日一日で終わりますから。ね？　ちょっと息抜きしましょう？」

「……わかりました。エルルさんが言うなら」

「冒険者の体調管理も、受付嬢の仕事ですから」

俺が渋々頷くと、エルルさんはにこりと笑った。

敵わないな。ふっと肩の力を抜くと、気が楽になった。

「では準備してきますね！」

「え？　結局依頼ってなにをするんですか？」

「あっ、すみません。言ってなかったですね」

鮮やかな赤髪を揺らして、エルルさんが振り向いた。

「私とデート……じゃなくて、私の護衛です」

そうにっこりと笑って、エルルさんは職員の控え室に入っていった。

呆けた状態で少し待つと、エルルさんがバッグを持って戻ってきた。

「お待たせしました～。それでは、行きましょう」

足取りは軽やかで、どことなく楽しそうだ。

なんだろう。周囲から視線を感じる気がする……。主に男たちから。

「出発です」

エルルさんは気にした様子もなく、俺の手を引いた。ギルドから出て、歩き出す。

「護衛って、なにをすればいいんですか？」

「私を守ってください。それがエッセンさんの、今日の仕事です」

「守るって……ダンジョンの外には魔物は出ませんよ」

「危険な存在は、魔物だけではないのですよ」

エルルさんはそう言いながら、迷いなく歩みを進める。下級地区の裏通りに入り、細く入り組んだ道が続いた。

下級地区は荒くれ者も多い。

特に人通りの少ない場所になると、明らかに空気が変わる。

冒険者という並みの人間よりも遥かに武力を持った存在がたくさん住んでいるのが、この迷宮都市だ。中には、その力を犯罪に使うような者もいる。

エルルさんのような女性一人では、なるほど、護衛がいたほうがいい。

「定期的に、活動を休止している冒険者の安否確認をしているんです。しばらくギルドの利用をしていない方を中心に、所在が判明している場合だけですけどね」

「ギルド職員って、そんなことまでするんですか？」

「はい。それも受付嬢の仕事ですから」

エルルさんの職業意識には毎度頭が下がるな。

安否確認という表現をしているが、おそらくギフトが悪用されていないか調査する意味もあるのだろう。

旅神教会の掟では、当然だがギフトを犯罪に利用することは禁じられている。もしそれを破れば、加護は没収されることになる。だが、冒険者の数は膨大で神官だけでは手が回らない。その穴を埋めているのが、彼女のようなギルド職員なのだ。

「……危険じゃないですか？」

「はい。ですから、エッセンさんに護衛をお願いしたのです」

「わかりました。今日一日、命をかけて必ずエルルさんをお守りします」

「そ、そこまで重く受け止めなくても……真面目すぎます」

裏通りは男でもなるべく入りたくない場所だ。警戒するに越したことはない。

「《炯眼》《天駆》《邪眼》」

小声でスキルを発動する。目立たないスキルだけだ。

これで、敵が襲ってきてもすぐに反応することができるだろう。

「それにしても……ずいぶんと入り組んでますね。迷いそうだ」

「下級地区は迷宮都市の人口増加に合わせて急いで開発された経緯がありますからね。それぞれの担当者が好き勝手に道を作ったそうですよ。……《未来の足跡》」

エルルさんが手を前にかざして、呟いた。手がぼうっと淡い光を纏う。

「こっちです」

「スキル……ですか？」

「ええ。正しい道を選び取る……という、地図代が浮く程度のスキルですね」

はにかんで謙遜するが、とんでもない。

行商人ならかなり有用だし、彼女もこうやって活用している。

また、今は道案内の能力しかないとしても、ギフトが成長したら……。いや、意味のない仮定だな。

財神は商人に関するギフトを与える。

冒険者や職人のような派手さはないが、商人のギフトは堅実で優秀なものが多い。

「《案内者》というギフトです。あとは落とし物を探したり、逆に落とし物の持ち主を探したりもできます」

「おお、それはすごい！　でも、いいんですか？　ギフトの内容を俺なんかに喋っちゃって」

「はい。エッセンさんは信頼してますから。それに、秘匿主義なのは生命が直結する冒険者だけで、商人や職人は結構簡単に話しますよ」

「そうなんですね」

「あ、なのでエッセンさんのギフトは話さなくて大丈夫ですよ」

《案内者》、か……。いつも俺に道を示してくれるエルルさんにぴったりのギフトだ。

彼女のギフトの力もあり、迷いなく目的地に到着した。

俺の仕事は護衛だけで、彼女の業務はどうも手伝えそうにない。

自慢じゃないが、俺は冒険者以外できないのだ。本当に自慢にならない。

「がるるる」

「エッセンさん、そんなに威嚇しなくていいですよ」

「あ、はい」

何もできない代わりに周囲を威嚇していたら、エルルさんに怒られた。

エルルさんはいかつい冒険者相手にも毅然と対応する。淡々と手早く業務を進めるのを、俺は黙って見ていた。

冒険者のほうもギルド職員に逆らっても不利益しかないことをわかっているのか、渋々ではあるが従っている。

夕方まで続け、全部で十三人の冒険者を回った。

その間に気づいたことがある。

あれ？　エルルさんのギフトって隠れてる人も見つけられるんじゃ……。彼女からは絶対逃げられないな。逃げる予定はないけど。

「よし、これで終わりです」

「お疲れ様でした。一度も襲われなくてよかったですね」

「エッセンさんが睨みを利かせていてくれたからですよ。ありがとうございます」

危険な目に遭うことはなく、無事に護衛を終えることができた。

このくらいで報酬を貰っていいのだろうか。

息抜きにもなったし、ギルドからの覚えも良くなるので依頼を受けてよかったと思う。

おかげで、焦っていたことを自覚し考え直すことができた。

「それでは、私はこれで失礼いたします。今日は助かりました。ありがとうございます」

「いえ、こちらこそ……。俺でよかったら、いつでも言ってください」

「ほんとですか？　では、今度個人的にでも」

「え？」

最後に意味深な笑みを浮かべて、エルルさんはギルドに戻っていった。

個人依頼か。なんだろ、欲しい素材でもあるのだろうか。

エルルさんの個人依頼なら、お世話になっていることだし無料でも構わない。頼まれたら引き受けるとしよう。

「雑貨屋に寄ってから帰るか」

まだ少し早いが、今からダンジョンに行く時間はない。

雑貨屋で干し肉やポーションなどを補充し、ついでに色々買い込む。

その全てをマジックバッグに詰め込んでから、帰路についた。

俺の下宿先はギルドからは少し離れた寂れた地域だ。でも、裏通りに行った後だと一等地に見えるな……。俺は案外いい所に住んでいたらしい。あくまで比較的にだけど。

全部で十二部屋ある平屋だ。自分の部屋に向かいながら、鍵を取り出す。

「なんだ、これ」

鍵を開けようとしたところで、異変に気が付いた。

扉に紙が一枚、ナイフによって留められている。近づいて、紙を破り取った。

書いてある文字を読んだ瞬間、俺は《健脚》を発動して地面を蹴った。
『お前と一緒にいた受付嬢を攫った。殺されたくなければ裏通りの倉庫に来い』

十一章　危機

エルルさんが攫(さら)われた？　いったい誰(だれ)に？

ふと、朝の出来事を思い出す。

キースに言われた、俺(おれ)を監視(かんし)していたという怪(あや)しい男……。

万年最下位だと馬鹿(ばか)にされていた時はよく見られていて慣れっこだったから、あまり気にしていなかった。

だが、キースの言う通り危険な奴(やつ)だったのか？

「なんで俺じゃなくてエルルさんを狙(ねら)うんだよ……ッ！」

わざわざメッセージを残したということは、狙いは俺で間違(まちが)いないだろう。

エルルさんを人質(ひとじち)にとるような真似(まね)をして、いったい何が目的なんだ。

「裏通りの倉庫……あそこか！」

昼間、裏通りを回った際にいくつかの倉庫が並んでいる場所があったことを思い出す。

他の建物よりも二回りほど大きかったから、記憶(きおく)に残っている。場所も……わかるはずだ。

「はやっ!?」

「なんだあいつ、冒険者(ぼうけんしゃ)か？」

通行人から奇異の目で見られるが、無視だ。

迷宮都市は冒険者が多いので、走るのが速いくらいなら少し目立つ程度で済む。たまに急いでいる冒険者が全力疾走している姿も見るしな。

裏通りに入ってから、屋根の上に跳んだ。

倉庫はひと際大きく、離れた場所からでも簡単に判別できた。

「屋根壊れたらすまん！」

全力で足に力を入れ、倉庫へ向けて跳躍する。

だが、それだけでは足りない。

「《天駆》」

空中を駆けるグリフォンの力を足裏に宿し、空気を蹴り上げる。

まるで空に足場があるかのように、俺の身体を押し上げた。

「よし！」

倉庫の前に着地する。

石造りの倉庫だ。少しひんやりとした壁に手を添えて、そっと中を窺う。

「ここで合ってるよな……？」

薄暗い倉庫だ。窓からは一筋の光が差し込み、宙を舞う埃を輝かせる。

そして——倉庫の中心には、エルルさんと男がいた。

「エルルさん！」

様子を窺って、隙を見て突入するつもりだった。

だが、後ろ手に縛られ地面に膝をつくエルルさんを見た瞬間、頭が真っ白になった。何も考えず、倉庫の中に足を踏み入れる。

「エッセンさん！　ダメです、この人の狙いは――きゃっ」

「大人しくしないと危ないっすよ」

男がエルルさんの口を塞いだ。

ナイフを引き抜き、エルルさんの首に当てる。

今朝見た男だ。だが、装備が変わっている。明らかに下級冒険者のものではない、上等な鎧だ。

「おい、エルルさんを放せ」

「ああ、すぐに解放するっすよ。お前が死んでくれたら」

「俺を殺すのが目的ってことか？　俺とあんたは初対面のはずだが……」

どこかで恨みを買ってしまったのだろうか。

「わかった。じゃあ俺と戦おう。けど、エルルさんは関係ないだろ？　先に解放してくれ。あんたも冒険者なら、ギルド職員に手を出すような真似はするなよ」

「は、はは。俺だってこんなことしたくなかったっすよ！　でも、仕方ないんだ……。なるべく被害を出さずにあんたを殺すためには……」

「何の話だ？」

男は顔面蒼白といった様子で、ぶつぶつと呟いている。

よく見ると手足も震えている。

「い、いいか！　お前はそこを動くなよ！　今から殺してやるっすから！」

「わかった。わかったから、まずはエルルさんを……」

「うるさい！」

なんにしても、エルルさんを助けるのが最優先だ。

俺が狙いなのだとしたら、エルルさんを巻き込んでしまったことになる。俺は冒険者だから、自分のせいで死ぬならいい。だが、エルルさんは違う。

男は「殺してやる、殺してやる」と虚ろに繰り返している。

「なあ、なんで俺を殺さないといけないんだ？　なにか恨みを買ったのか？」

努めて冷静に、言葉を選ぶ。

エルルさんの首にはナイフが突きつけられている。男の気が変わったらおしまいだ。

「俺だって殺したくないっすよ！　でも……殺さないと俺の家族が……」

「家族……？　よくわからないけど、殺したくないならなにか方法が……」

「ないっすよ！　方法なんて……。ウェルネスさんには逆らえないんすよ……」

「ウェルネス？　あいつかッ！」

たしかに俺のことを目の敵にしていた様子はあったが、わざわざ人を使って殺しにくるとは。

「待て、それでもやっぱり俺を殺す理由がわからない。たしかに好かれてはいないみたいだが」

「はは、どうせ死ぬから教えてあげるっすよ。お前はウェルネスさんに利用されたんだ。【氷姫】を支配するために」

「ポラリスを……？」

「最初は、お前の命を人質に取って無理やりパーティを組んだっす。それでも、彼女の心にはお前がいる。いつまでも落とせないことを悟ったウェルネスさんは、次の一手を打ったんすよ」

「それが俺を殺すこと……！」

「お前を殺せば、【氷姫】の心は壊れる。そこに付け込む予定らしいっすよ」

ウェルネスと一緒にいる時のポラリスの様子はおかしかった。

まさか、俺が人質に取られていたからなのか？

言うことを聞かなければ俺を殺す。そう言われていたのなら、あの態度と嘘も納得だ。

もし反対の立場なら、ポラリスを守るためならなんだってするだろう。

でも……。

「俺があいつの足を引っ張っていたってことかよ……ッ」

俺が弱いばかりに、ポラリスに迷惑をかけてしまった。

そのことが、申し訳なくて、悔しくて、情けない。

「それがウェルネスさんの常套手段なんすよ！　ウェルネスさんのギフト……《聖光術師》は人を殺すのも癒やすのも得意っす。それで俺の家族は拷問されて……うっ……。だから、俺は家族を守るために、お前を殺すしかないんすよ‼」

ギフトによる拷問……。想像を絶する話だ。

ウェルネスは傲慢な男だったが、そこまであくどいことをしていたとは。

「……けど、あんたも人質を使ったら同じじゃないか。あんたの事情はわかったから、エルルさんを解放してから戦おう。それでいいはずだ」

「俺は斥候系だから、直接戦闘は苦手なんすよ。そう、だから仕方なくて……」

「エルルさんに手をかけたら、あんたもウェルネスとなにも変わらない」

「うるさい‼」

男が激昂する。

ダメだ、言葉が届く気がしない。

なんとか宥めて、エルルさんを解放したい。だが、あいにく人付き合いは得意じゃないから何を言えばいいのかわからない。

目の前で自害して見せるか？　いや、俺が死んだらウェルネスの思うつぼだ。

「俺は魔神に魂を売ってでも、家族を守る……」

男は震える手を懐に突っ込んだ。

取り出したのは、手のひらサイズの赤い宝玉だ。

「待て、なにを――」

「動くな！」

男はナイフを握り直して叫んだ。エルルさんの首筋に血がにじむ。

エルルさんは恐怖で声も出ない様子だ。頬を涙が流れた。

男は宝玉を高く掲げて、口を開いた。

「魔封の宝玉――解放」

宝玉が眩い光を放った。

独りでに浮かび上がり、男の少し前で停止する。

ぴきり、と音がして、一層強い光が放たれた。

「ララァアアア」

地面が揺れた。

重く低い鳴き声が、鼓膜を震わせる。

おそるおそる目を開けると、そこには――ドラゴンがいた。

「さあ、あいつを殺せ！　ヴォルケーノドラゴン！」

男が取り出した赤い宝玉から、ドラゴンが出てきたのだ。

身の丈は俺の三倍ほど。

無骨な四本の脚に、馬とも鹿とも取れる頭。コウモリのような骨ばった翼。

そして、それらは燃え滾るような深紅の鱗に覆われている。

口元からは炎が漏れ出ていて、離れていても熱気が伝わってくるようだ。

「ラララァ」

思わず、足がすくみそうになる。

勝てない。魂が瞬時にそう判断するほどのプレッシャーだ。

本能が逃げろと叫んでいる。

倉庫が広くてよかった。もし小さな家屋だったら、ヴォルケーノドラゴンが出現した時点で倒壊していただろうから。

全長は大きくても、四足歩行で身を伏せていることも幸いした。

いくら倉庫が大きいと言っても、天井はせいぜいドラゴンの翼が当たらない程度しかない。

「やべえ！　す、すげえ！　……こいつは《破軍の火山》っつーAランクの中でも特に危険なダンジョンの魔物っす！　お前はもう終わりっすよ‼」

「Aランクだと⁉」

Aランク、つまり、伝説上の存在であるSランクを除けば最高難易度のダンジョンだ。

上級冒険者の中でも一握りの強者しか挑むことができない、遥か高み。

「俺でも勝てねえ！　あーあ、下級地区は滅ぶかもしれないっすね⁉　は、はは……こいつがお前を殺してる間に俺は逃げてやる……いけドラゴン！　そいつを――え？」

「ララァ？」

ドラゴンがゆったりとした動きで振り返り、興奮した様子で喚く男を見た。

「……ッ⁉　《健脚》《天駆》《銀翼》」

即座にスキルを発動し、地面を蹴ると同時に翼で空気を押す。

可能な限り速いスタートダッシュで、ドラゴンの横を通り過ぎる。

「な、なんでこっちを見てるっすか？　お前の敵はあっちっすよ！　ほら！」

「ララララァアアア」

ドラゴンが顎を大きく開いた。

男は喚くばかりで動かない。

「エルルさん！」

ドラゴンの首の下を通って、最短距離でエルルさんに駆け寄る。

目の前の光景に気を取られている男の腕を振り払って、エルルさんに飛び掛かるように抱きつく。

ドラゴンの顎が、すぐそこに迫っていた。

「くっ……！　《刃尾》」

尻尾を地面に刺すことで体勢を立て直し、空気を蹴ってその場から離れる。

すぐ後ろから、顎が閉じられたような重い音が聞こえた。

壁際まで下がり、エルルさんを降ろす。

「大丈夫ですか⁉」

「あ……は、はい」

「良かった。立てるならすぐに逃げてください。そうだ、あいつは……」

エルルさんの身体を支えて、問題のないことを確認する。

さっきまでエルルさんがいた場所に目を向けると——男がドラゴンの顎に食いちぎられ、飲み込まれるところだった。

「……自業自得とはいえ、見たくはない光景だな」

あいつもウェルネスの被害者らしいし、思わず同情する。

ウェルネスは絶対に許さないとして、まずはこのドラゴンをなんとかしないと。

「エッセンさんも一緒に逃げましょう？　ね？」

エルルさんが泣きそうな顔で俺の腕を引く。

大人っぽいエルルさんの弱り切った表情に、胸が苦しくなる。

「Aランクなんて瞬殺されてしまいます。早く逃げないと……」

「エルルさん」

彼女の言葉を遮る。

「野放しにしたら、裏通りだけじゃなく、下級地区が危険です。俺が足止めしますので、応援を呼んできてください」

「でも……」

「俺が原因でもありますから」

本音を言うなら。俺だって逃げたい。

でも……ドラゴンを放置したら、何人死ぬかわからない。

相手はＡランク。

旅神によってダンジョンに閉じ込められていなければ、単体で災害を引き起こせるほどの魔物だ。

それが迷宮都市、しかも下級地区の中にいる。

未曽有の危機と言ってもいい。

この状況で逃げるなんて……俺のプライドが許さない。

「そんな、無理です。下級冒険者が勝てる相手じゃ……」

「大丈夫ですよ。俺は最強の冒険者ですからね」

キースの虚勢を借りよう。

思えば、エルルさんには心配されてばっかりだな。

少しくらいカッコイイところを見せたい。

「エルルさん、早く！」

「……っ。わかりました。すぐに上級冒険者を連れてきます！　それまで、絶対に生きててください。無理なさらず」

「もちろん、死ぬ気はないですよ」

エルルさんが背を向けて走り出した。

ドラゴンはようやく食事が終わったのか、ゆっくりと首を持ち上げる。

その双眸が、俺を捉えた。

「そうだ。お前の相手はこっちだぞ」

エルルさんは……良かった、無事に倉庫を出られたようだ。

後は応援が来るまで耐える。……いや。

せっかくなら倒しちゃうか。

「冒険者のトップに立つなら、どの道倒さないといけない相手だもんな？」

「ララァアア」

「なあ、俺に教えてくれよ。……ドラゴンの肉って美味いのか？」

視線を合わせただけで腰が抜けそうだ。

すごいな、ポラリスはこんな化け物といつも戦っているのか。

負けてられねえ。

「《大牙》《健脚》《吸血》」

森のスキルを宿し。

「《毒牙》《刃尾》《邪眼》」

湿原のスキルを宿し。

「《大鋏》《黒針》《空砲》」

岩礁のスキルを宿し。

「《炯眼》《銀翼》《天駆》」

渓谷のスキルを宿し。

身体の半分以上が魔物と化した風貌で、ヴォルケーノドラゴンと対峙する。

俺は《魔物喰らい》。魔物を喰らい、魔物の力を身に宿す冒険者だ。

「お前も喰ってやるよ。ドラゴン」

「ラララァアアア」

ヴォルケーノドラゴンは窮屈そうに身を捩って、俺を見据えた。

もしこいつを外に出したら大災害レベルの被害が出るだろう。

倉庫が石造りでよかった。

簡単には外に出られないし、歯の隙間からばちばち散っている火花が引火することもない。

「まずは攻撃が通るか確かめないと」

今回は《鋭爪》ではなく《大鋏》を選択した。

理由は、どう見ても鱗が硬そうだったからだ。爪が通るようには見えない。

《大鋏》は速度を犠牲に圧倒的な攻撃力を持つ。俺の攻撃手段の中では最も威力が高い。

「そもそも挟む場所あるか？　って感じだけど」

俺が一歩近づくと、ドラゴンが警戒心を露わにした。

強者の風格が漂っている。自分よりも遥かに小さい人間に対して、油断なくじっと目を光らせている。

ドラゴンの脚は太く強靭で、長い尾も大木のような太さだ。軽く衝突するだけでも致命傷で、顎に挟まれれば抜け出すのは不可能だろう。

極めつけは……。

「……っ！」

慌てて横に跳ぶ。

ドラゴンがおもむろに開いた口から、炎が噴射されたのだ。

それは三秒ほど噴き出し続け、俺がいた場所を焼き焦がした。

「当たったらひとたまりもないな……」

灼熱の炎は、触れていないのに火傷しそうなほど熱い。肌がひりつく。

「それに速い。けど避けて近づけば……」

次の炎が来る前に、強く地面を蹴って接近する。

バジリスクやグリフォンと戦った時と、基本は同じだ。足を使って、一撃離脱を繰り返す。

俺のスキルは速度と移動によっているから、《渓谷》や《湿原》のボス相手でも通用した。

しかし——Aランクの肩書は伊達ではない。

「ラァア」

側面から急接近したはずなのに、巨体に似合わぬ速度で前脚を振り抜いてきた。

岩のように大きな爪が、俺に迫る。

「くそっ！」

《銀翼》で勢いを殺し、同時に空中に飛び上がった。《天駆》で二度宙を蹴り高度を上げ、攻撃範囲から逃れる。

だが、それは判断ミスだったと言わざるを得ない。

「ララララァアア」

「お前の首そんなに柔らかいのかよ！」

ドラゴンが首をぐるりと回して、真上にいる俺を見上げた。

そして、口を開けて炎を噴射する。

ただの炎ではない。生物を確実に焼き殺す、超高温の灼熱だ。《破軍の火山》に棲まうというヴォルケーノドラゴンは、マグマよりも熱い炎を操る。

「……っ」

《天駆》の使用回数が三回分あってよかった。このスキルのおかげで、空中でも移動することができる。

壁を蹴り飛ばすように空気を踏み、炎から逃れる。

「グラァア」

だが、俺を追うようにヴォルケーノドラゴンが頭を動かし、炎が傾いた。

高速で飛んでいるにもかかわらず、炎に追いつかれてしまう。

「熱……ッ」

左足の踵を炎が掠めた。

たったそれだけなのに、これまで感じたことがないほど痛い。空中でバランスを崩し、勢いのまま地面を滑った。

ががが、と全身をこすりながら、壁に激突する。

「あ……がっ」

起き上がり、足を押さえる。

炎を受けたのはほんの一部。踵のあたりを少し掠めただけだ。しかし、その部分の靴は消滅し、肉はえぐり取られている。

掠っただけでこれだと、直撃したら命はなさそうだ。

《水精霊の祝福》という、火の耐性を得る攻略報酬があっても、このダメージだ。もし持っていなければ、近づくことすらできなかったかもしれない。

火傷を無効化しているはずなのだが、炎によって肉ごと燃やし溶かされたら防ぎようがない。

「立つのもしんどいな……。《鳥脚》」

足首から下をバレーホークの脚に変えると、痛みが収まった。

「おし、こうすれば動けるな。まあ、解除したらまた傷は戻るんだろうけど」

それでも、魔物の部位を使えることで疑似的に回復できた。

「もう一度……っ！」

両足を《鳥脚》に変えて、再び走り出す。

靴よりも若干走りづらく速度が落ちるが、代わりに地面をしっかりと掴むことができるため、方向転換はむしろ速くなる。

「ラァァアアアァアア」

「その炎、使用回数とか決まってたりしないの？」

気前よく連続で放っているところを見るに、いくらでも使えるのだろうか。

炎は俺一人くらいなら余裕で包み込めるほど大きく、首を動かせばかなりの範囲が射程圏内なので、避けるのは非常に困難だ。

なんとか掻い潜って接近しても、鋭い爪が待ち構える。

背後に回れば、尾による振り払いが襲ってくる。

だが、何度かのせめぎ合いでわかったことがある。

「あんまり動く気はなさそうだな？　それに、炎を吐き続けられる時間は三秒くらいか」

慎重なのか、舐めているのか、はたまた動けない理由があるのか。

ある程度の距離を離れると、ドラゴン側からは追って来ない。巨大な翼も、今は無用の長物だ。

飛ばれたら厄介どころの話ではなくなるので、助かる。

「狭いからかな……？　まあいい。そろそろ攻撃を当てたいな」

結局、一度も手が届いていない。

少し息を整えてから、再び走り出す。

「ラァ」

噴射される炎を、余裕を持って回避する。

無防備になるので、迂闊に上空には上がらない。細かい跳躍と、反対に身を地面すれすれまで伏せた滑走、この二種類を使い分けながら、攻撃を掻い潜っていく。

「衝撃波でもくらえ！」

右腕の《空砲》を向け、放った。ハサミが閉じる時の勢いで、空気の塊が発射される。

衝撃波はまっすぐ飛んでいき、脇腹のあたりに命中し――消えた。命中した箇所には傷一つない。

「まじかよ。イーグルが一発で気絶する威力なんだが」

冷や汗がだらりと流れる。さすがAランクの魔物というべきか。

呆けているところに尻尾による薙ぎ払いが迫ってくる。《大鋏》でガードするが、それごと全身を吹っ飛ばされた。

空中で体勢を立て直し、壁を足場にすることでなんとか激突は防ぐ。

「どうする……。やはり《大鋏》じゃないと攻撃は通用しないか？」

巨大なハサミは、丸太すら一瞬で潰す威力を出せる。

問題は、挟むという攻撃方法が非常に当てづらいということ。あの巨体に肉薄しなければならない。

「やるしかないか」

《炯眼》のおかげか、だいぶ目も慣れてきた。

ドラゴンの動きは速いが、見切れないほどではない。攻撃も、集中を切らさなければ避けられる。

つくづく、俺のスキル群は強力だと実感する。

種類が豊富なおかげで、様々な状況に対応できる。他の、特に特化型のギフトの場合はこうもいかない。

「最後の勝負だ」

正直、体力も限界に近い。さっきから肩で息をしているような状況だ。

俺が倒れれば、ドラゴンは街に解き放たれる。ここが踏ん張りどころである。

「行くぞ！」

走る。全ての
スキルを最大出力で使用し、地面を、空を、炎の横を、とにかく駆ける。

今までで最高速度で迫る俺に、ドラゴンがわずかに目を見開いた。

狙いは脚の付け根。人間で言えば脇にあたる、関節の柔らかい部分。

爪を掻い潜って、身体の下に潜り込んだ。そして、《大鋏》を開いて掴む。

「切れろぉおおお」

ガチンッ、とハサミが勢いよく閉じた。

ドラゴンの皮を突き破り、ハサミが食い込む。

「《大牙》も喰らえ！」

いや、喰らうのは俺か。

ハサミで掴んだ横に、思い切り噛みついた。口の中に血の味が広がる。

「……ララッ」

――余裕のあるドラゴンの声が、耳に届いた。

「はは……やっぱ飛べるのかよ」

すぐ上にあったドラゴンの身体が視界から消える。

ものすごい風圧に顔をしかめて、姿を捜した。

ドラゴンは俺のハサミを振り払い、少し離れたところに着地した。

そして、大口を開けて炎を放つ。

俺は暴風に耐え切れず、しりもちをついたところだ。避けられない。

「ラァアアアアアアア」

そして俺は——煉獄の炎に包まれた。

視界が真っ赤に染まる。

炎の噴射はおよそ三秒間だけ。だが、それが永遠と思えるほどに長い。

手足の先から頭まで、余すことなく炎に包まれている。

がらがら、と屋根が崩れ落ちる音が、やけにくっきり聞こえる。ドラゴンが飛んだ拍子に突き破ったのだろうか。

俺がこのまま焼き殺されれば、ドラゴンが外に出てしまう。

だが——。

「熱く、ない……ッ！」

それは、ドラゴンが炎を吐くために口を開けた瞬間だった。

口の中にわずかに残るドラゴンの血と薄皮を呑み込んだ時、《魔物喰らい》の効果が発動したのだ。

新たに取得したスキルの名は、《ヴォルケーノドラゴンの鱗甲》。

脳内に旅神の声が聞こえた瞬間、他のスキルを全て解除し、咄嗟に発動したのだ。

「これが《鱗甲》の力……！」

全身をびっしりと埋め尽くす赤い鱗が、炎を完全に防いでいた。

軽く触ってみると、身体の表面が硬くなっているのがわかる。顔も同様だ。

爪ほどのサイズの鱗が重なり合うように、綺麗に並んでいる。

リュウカに作ってもらった装備は全部燃え尽きてしまった。せっかく貰ったのに申し訳ない。

裸なのはまあ、誰もいないしいいか。一応、局部を隠すために《刃尾》を発動して巻き付ける。

そんな確認と思考をしているうちに、炎が止まった。

「ララァ？」

初めて、ドラゴンの余裕が崩れた。

戸惑ったような声を上げ、目を見開く。案外、表情が豊かだな。

「どうだ？　最強の攻撃が防がれた気分は」

いやまあ、絶対絶命だったけど。

スキルが発現しなければ、そしてそのスキルが炎を防げるものでなければ、俺は確実に獄炎に焼き殺されていた。

だが、運は俺に味方したようだ。

「ララァアア」

依然として、俺が不利なのは変わらない。

しかし、炎を防がれたドラゴンが選んだのは、逃走だった。

「……っ！　まずい！」

おそらく、およそ生物なら耐えることが不可能な炎が防がれたことで、俺を脅威と認識したのだろう。

ドラゴンは最初から一貫して、油断せず慎重だった。あるいはそれが、強者たる由縁なのかもしれない。

そして今、天井には穴が空き、空が見えている。瓦礫は俺に当たらなかったか、炎が消し飛ばしたのかは不明だ。

ともあれ、さっきまではなかった逃走経路が作られてしまったのだ。

「待て！」

「ララァアア」

ドラゴンは巨大な翼を羽ばたかせて、浮かび上がる。

「くそ！　《銀翼》《天駆》《健脚》」

改めてスキルを発動し、跳躍する。

ドラゴンの血を《吸血》したことによって足の傷は塞がったが、まだ本調子ではない。

いや、それでなくとも、ドラゴンの飛翔速度に勝てるとは思えなかった。

「ここまで来て取り逃がすのか……⁉」

手を伸ばして、上空のドラゴンに追いすがる。

その時、夕焼けの空に影が差した。

「え？」

空になにか、大きな物体が飛んでいた。

その物体は、中心にある球体から、細長い棒が八本生えたような形をしていた。

どこかで見たことがあるような……。

「ラァ？」

ドラゴンが素っ頓狂な声とともに上を見上げる。

空から降ってきた影はどんどん大きくなり、その巨体がはっきりと見えた。

「あれは……！　って、ここにいたらやばい！」

慌てて横に退避する。

「とりゃぁあああ」

聞き覚えのある元気な声が聞こえたかと思うと、その巨体は真上からドラゴンに激突した。

そのままドラゴンを押し、地面に叩き付ける。

「それ、飛べるのかよ……」

上級職人兼下級冒険者、リュウカ。彼女のギフトである《魔導工房》だ。蜘蛛のような形をしている。

そのサイズは、足まで含めるとドラゴンよりも大きい。

動くとは聞いていたけど、まさか飛べるとは……。あるいは、跳躍してきたのか。

ドラゴンを押さえつけていた工房の上部がぱかりと開いて、リュウカが顔を出した。

「す、すごぉおおおい！　これ、ヴォルケーノドラゴンだよね!?　なんでこんなところにいるの!?　わぁ、来てよかったー！　かっこいぃぃぃ」

この状況でも平常運転だな……。

なんか、安心した。

「リュウカ、なんでここに？」

「迷宮都市から緊急依頼が発令されたんだよ～。それに私だけじゃないよ。さすがに中級以上の冒険者はまだ間に合わないけどね」

「え？　そうか、エルルさんが！」

エルルさんがここを出てから、どのくらい時間が経ったのだろう。

戦闘に集中していたから、時間の感覚があやふやだ。

けど……ついに援軍が到着したんだ。

「ふん。炎のドラゴンだと？　くだらん。俺の炎が世界一熱いと証明してやろう」

「キース！」

普通に入り口から入って来たのは、《炎天下》のキースだ。

「どけ。俺が焼き殺してくれる」

「……たぶん、ヴォルケーノドラゴンに火は効かないぞ？」

《鱗甲》を得た俺が完全に無効化したくらいだし。

「俺の炎はただの火ではない。爆炎だ」

なるほど、爆発を伴う炎なら、衝撃でダメージを与えられるかもしれない。

「俺たちもいるぞぉおお！」

「待たせたな！　万年最下位！　……いや、エッセン！」

「ここまでされたら認めねえわけにはいかないな、元万年最下位さんよぉ！」

「でもエルルさんは俺が貰う！」

続いて入ってきたのは、下級冒険者たちだ。ちらほらと見たことがある顔もある。

中には、万年最下位だと俺を馬鹿にしていた者の姿も。

そして、その後ろには。

「エッセンさぁあああん！　お待たせしました！」

「エルルさん……！」

「信じてましたよ！　さあ、トドメを！」

人だかりの奥にいながら、《炯眼》で見なくてもわかるくらいエルルさんの笑顔が輝いている。

そうだ、まだドラゴンを倒したわけではない。

「もう、押さえられない……っ」

リュウカの乗る巨大な蜘蛛のような《魔導工房》が、見た目に似合わぬ俊敏さでドラゴンから飛びのく。

「ララァアアアアアアアアア」

苛立った様子のドラゴンが身体を起こし、雄叫びを上げた。

「剣士系は近づくな！　魔法系のギフト持ちは、一斉に最大威力の魔法を！」

俺は素早く指示を出し、スキルをあれこれ発動して走りだした。

工房の激突と地面への衝突でかなり疲弊したとはいえ、ドラゴンの傷は未だ浅い。

完全にトドメを刺す必要がある。

「おうよ！　お前ら行くぞ！」

「うぉおおおお！」

背後から頼もしい声が聞こえて、色とりどりの魔法が俺を追い越してゆく。水、氷、雷、火、風……

多種多様な魔法の弾丸がドラゴンに襲い掛かる。

「ララァ」

ドラゴンは煩わしそうに身体を捩るだけで、大したダメージには至っていないようだった。

だが、それも想定内だ。

目的は目くらまし。

「ララァアア」

ドラゴンが俺に向かって、炎を吐きだした。

だが、俺は避けない。

「それはもう、俺には効かねぇ！」

足を止めずに走り続ける。

「リュウカ！」

「はいさ！」

炎を吐いている間、ドラゴンは無防備になる。

その隙を突いて、リュウカの工房がドラゴンの背中に飛び乗った。

あまりの重さに、ドラゴンが呻く。

その間に、俺はドラゴンの目の前まで接近していた。

「ラァアアッ！」

ドラゴンは咄嗟に、口を大きく開けて俺に噛みつこうとする。

「キース！」

「ふん……《プロミネンス》」

側面から接近していたキースが、ドラゴンの顎を真下から殴りつけた。

ドラゴンもだいぶ余裕がなくなっている。俺を最大の脅威と認識しているから、キースの攻撃に気づかず、もろにくらった。

顎が強制的に閉じられ、顔が上に跳ねる。

「トドメは譲ってやる」

「はっ、予想以上に炎が通らなかっただけだろ、キース」

一瞬だけキースと視線を交わしてから、俺はドラゴンに肉薄した。

「やっとここまでたどり着いたよ、ドラゴン。——首がガラ空きだ」

使うのは、左腕の《リーフクラブの大鋏》。そして、俺が最初に取得し、その後もほぼ全ての魔物に使ってきた《フォレストウルフの大牙》。

「これで終わりだ！　いただきマスッッ！」

さしものドラゴンも、首の下は柔らかいらしい。顔と前脚が危険すぎて、ここまで一人じゃ来られなかったけどな。

《大鋏》はドラゴンの首筋を容易く破った。そして、露出した内側の肉に、《大牙》を突き立てる。

一度では終わらない。

何度も、何度も、何度も。

ハサミで削り、《鋭爪》で切り裂き、麻痺毒を流し込み、《刃尾》で突き刺した。

戦術もなにもないインファイト。だが、俺の背中はキースが守ってくれる。

全身血だらけになりながら、ドラゴンの首筋を貪った。

ヴォルケーノドラゴンの肉は……最っ高に美味しかった。

「はぁ……はぁ……」

首の半分以上の肉を食い破ったところで、ドラゴンから離れる。

ドラゴンの目が、一瞬だけ俺を捉えた気がした。


「ごちそうさん」

ドラゴンが口を少しだけ開けた。だが、その口から炎が出ることはなく……完全に沈黙した。だらりと首が垂れる。

「勝っ……」


俺ももう限界だったのだろう。

全てのスキルが勝手に解除され、思わず膝を突いた。

ふぁさり、と背中に布が掛けられる。キースのローブだ。


「お前の勝ちだ。エッセン」


キースが手を差し伸べてきたので、ローブに袖を通して、その手を取った。

ふらつきながらも立ち上がり、入り口のほうを向く。拳を高くつきあげた。

声は、出なかった。


「うぉおおおおおお！」

「やったな‼　エッセン！」

「Aランクの魔物を倒しちまうなんてな！　強くなったよ、ほんと‼」

「お前は英雄だ！」


冒険者たちから、歓声が上がった。

その後ろで、エルルさんがしきりに涙を拭いている。

「ねえ、エッセン……さっきの鱗、もう一回見せて？　お願いっ」

リュウカは、相変わらずだけど。

俺は、勝ったのだ。圧倒的に格上の魔物に。

街を守れたんだ。

「よしッ！」

小さく拳を握りしめる。

「エッセンさん！」

エルルさんが冒険者の間を通って、駆け寄って来た。

「エッセンさん、私、あの、ほんとうに……」

俺の胸に顔を押し付けて、エルルさんが言葉にならない気持ちをぶつけてくる。

言いたいことは痛いほどわかった。

「エルルさん……」

本音を言えば、このまま喜びを分かち合いたい。

でも、俺にはまだ、やることがある。

「エルルさん、頼みがある」

決着をつけるために。

十二章　幼馴染

【氷姫】ポラリスは、中級地区のとある屋敷にいた。

夕日が窓から差し込んでいる。

「どうだい、この別荘は。中級地区にしては良い場所だろう？　こっちは広く土地を使えるから、自由にできるんだ」

「くだらない成金趣味ね」

ウェルネスの言葉に、うっと露骨に嫌な顔をする。

無駄に広い屋敷、無駄に広い庭。冒険者には不相応な見栄の張り方だ。

いつもキラキラした見た目重視の鎧を身に着けているのも、ポラリスからすれば無駄なことだった。

冒険者として上を目指すならば、私生活など必要最低限でいい。

それが、9位まで上り詰めたポラリスの考え方だ。

「それで、なぜ私をここに呼び出したのかしら？　用がないなら帰るわよ」

「ククク……そう焦らないでくれよ。君は今宵、僕のものになるんだから」

「屋敷に入れたくらいで、その気にならないで」

ワイングラスを片手に、ウェルネスが両手を広げ大仰に話す。

鎧のままソファに寄りかかるウェルネスから、ポラリスが数歩離れた。彼女の手は腰のレイピアに置かれている。

「たとえ脅迫によってパーティを組んだとしても、心までは渡すつもりはないわよ」

「ははは、相変わらず強情だね。その身体が今から僕のものになると思うと、喜びで震えてくるよ」

「都合のいい妄想ね。不愉快だわ」

「いいね、その顔が絶望に歪む時が楽しみだ。ああ、君の心を奪うつもりはないよ。ポラリス。奪うんじゃなく、壊すんだ。完膚なきまでにね」

ポラリスがこれほどまでに嫌悪しながらもつき従う理由は二つ。

一つは、いざとなれば自分の身くらい簡単に守れるからだ。

彼女は自信過剰ではないが、彼我の戦力差は冷静に分析できている。ウェルネスがポラリスに腕っぷしで勝つ可能性は万に一つもない。不意をついたとしても不可能だ。

ポラリスの《銀世界》という氷と刃のギフトは、特に防御方面に関して他の追随を許さない。常にひらひらと舞う雪の結晶が、自動的に彼女の身体を守る。

その防御を上回る圧倒的な火力があれば話は別だが、ウェルネスのギフト《聖光術師》もまた、防御と回復に秀でたギフト。勝ち目はなかった。

二つ目は、幼馴染であるエッセンが人質に取られているからだ。

もしウェルネスを拒めば、エッセンに危害が及ぶかもしれない。真偽のほどは確かではないが、ウェルネスを殺したとしても、仲間がエッセンを害するという。

エッセンを守るために、一時的にウェルネスに従っているのだ。

「私の心は壊れないわよ。いいえ、とっくの昔に一度壊れて……そして、二度と壊れないように直してもらったから」

ポラリスは信念の籠もった強い眼差しで、ウェルネスを真っすぐ見据える。

「クク……」

対するウェルネスは、口に手を当て、抑えきれないとばかりに笑いだした。

「はははは！　それほどまでにあの下級冒険者を信用しているのか！　強い、強いね。強いからこそ……弱い」

「なにが言いたいの？」

「君の心を壊すのは簡単だということだよ。そうだね……そろそろ報告が来る頃かな」

ふと、ウェルネスが窓の外を見た。

視線の先には、下級地区がある。無論、ここからでは見えないが。

「君の心は、直接の攻撃には強いだろう。ああ、僕にはとても壊せないし、奪えない。けどね、心の拠り所さえ壊してしまえば、いとも簡単に壊れる」

「……！　まさかっ。約束が違うわ！」

「そうさ……。あの下級冒険者は今日、死ぬ。いや、もう死んでいるかもしれないね」

「うそ……」

ポラリスが虚ろに呟いた。

そして、踵を返そうとする。

「おっと、今から行っても無駄だよ。彼のところには上級冒険者を送り込んだからねぇ。だいいち、場所はわかるのかい？」

「ウェルネス……ッ！　今すぐ場所を教えなさい！」

「おお、怖い怖い。ようやく感情をむき出しにしてくれたね」

ポラリスの抜いた刃が、ウェルネスの首に突き立てられる。

それでも、ウェルネスは飄々とするばかりで余裕の表情を崩さない。

「君もここでゆっくり待とうじゃないか。彼の死体の到着を、ね」

「刺されたくなければ早く答えなさい」

「ふはは、死体を見た時の君の表情が楽しみだ」

ポラリスの身体から冷気が溢れる。

部屋の温度を一気に下げ、ウェルネスの足元に氷の膜が広がった。

レイピアの切っ先が、ウェルネスの首を皮一枚、貫く。血がじんわりと滲むが、その傷はすぐに塞がった。

ウェルネスが自らの魔法によって治癒したのだ。

「エッセンが死んだらあなたを殺すッ！　すぐに！　あなたの望む結果にはならないわ！」

「脅しかい？　慣れないことをするものじゃないよ。それに、彼を失った後の精神状態で、まともに戦えるのかい？　今だって、そうして怒ることで自我を保っているだけだろうに」

「黙りなさい！」

「君の心が壊れるのも、時間の問題だ」

ウェルネスの手足から、純白の光が漏れ出る。それは彼の身体に纏い、氷の侵食を食い止めている。

腐っても上級冒険者だ。ポラリスに勝つことはできずとも、一時的に身を守るくらいのことはできる。

「……来たね」

ウェルネスがぼそりと呟くと、ポラリスの顔が絶望に染まった。

扉の外から、どたばたと足音が聞こえる。

「ウェルネスさん！」

「君も僕の部下なら、もっと上品に入って来なさい。それで、死体が到着したのかな？」

「ち、ちがいます！　外に、外にだれかが！」

「外？」

部下の男が窓を指差した。

釣られて、ポラリスとウェルネスもその先に視線を向ける。

「――は？」

暗くなってきた空を背景に、なにかが飛来してきた。

パリィイン、と大きな音を立てて窓ガラスがはじけ飛んだ。

外から飛んできたなにかが、そのまま衝突して突き破ったのだ。

「……誰だ、貴様」

ウェルネスが立ち上がり、構える。

窓ガラスを割って入ってきたのは、人間だった。身体を丸めて、部屋の中に着地した。

いや、素直に人間と称していいのだろうか。

一見、人の形をしている。

だが、尾が生え、長い爪を持ち、大きな牙を覗かせ、鈍色の翼を広げ、全身を鱗が覆っていた。

「何者だ‼」

「俺か？　俺は……」

その人物が、ゆっくりと立ち上がり口を開いた。

「ポラリスを取返しに来た幼馴染だ」

ポラリスが剣をだらりと下げ、その顔をまじまじと見た。

そして、眦に涙を浮かべる。

「エッセンっ！」

＊＊＊

「ポラリス、俺のせいですまん。でも、もう大丈夫だ」

俺が飛び込んだ屋敷の二階、広間のような空間には、ポラリスとウェルネスがいた。

壁際には、部下のような男が数人いて、みんな腰を抜かしている。

「エッセン……！　私こそ、巻き込んでしまって……。でも、無事でよかった」

ポラリスがウェルネスから離れて、俺の横に駆け寄ってくる。

「あのね、この間のことは、その……」

「わかってるよ。でも、話は後だ」

この外道を懲らしめるのが先だ。

ウェルネスは俺の顔を見て、わなわなと震える。鬼の形相で眉を吊り上げた。

「おま、お前はぁあああ！」

「おお、この姿でもちゃんとわかるんだな」

「なんだ、その姿は……！　まるで魔物じゃないか」

「これが俺のギフトなんだよ」

ちなみに、ドラゴンに装備を燃やし尽くされたので、今着ているのはリュウカの工房にあった量産品の装備だ。一度使ったら穴だらけになること間違いなし。

「……なぜここにいるんだい？　お前は、とっくに死んでいるはず……。まさか、あいつが裏切ったのか？」

「いいや、斥候の彼ならちゃんとドラゴンを召喚したぜ。そのあと死んだけど」

「ならなぜ……！　いや、恥知らずにも敵前逃亡したのだとしても、なぜこの場所がわかった？」

この期に及んで、ウェルネスは自分の立場がわかっていないようだ。

もう、彼は優位な立場ではない。俺はドラゴンを倒し、ポラリスもこちらにいる。

「ちょっと知り合いに人探しが得意な人がいてな」

ウェルネスと決着をつける。そう決めた俺は、彼の居場所を探る必要があった。

そこで頼ったのは、エルルさんだ。彼女のギフト《案内者》は、所有と商売を司る財神の権能により、目的地への道を探ることができる。

だが、その能力も万能ではない。

基本的に、知らない人物については捜索できない。当然だ。

だが、彼女がふと言っていたことを思い出したのだ。

曰く、落とし物の持ち主を探すこともできる、と。

そしてその場に、ウェルネスの所有物が一つだけあった。

ドラゴンが封印されていた赤い宝玉だ。

すでに割れてしまっていたが、地面に落ちていた欠片にスキルを発動すると、この屋敷までの道のりを示してくれたのだ。

……このギフトやばすぎない？　受付嬢よりも犯罪捜査とかのほうが向いていそうだ。もしくは、悪人なら犯罪への使い道はいくらでも思いつくだろう。

でもエルルさんが受付嬢じゃなくなったら寂しいからやめてもらおう。

「は、はは……そもそもここは中級地区だよ。下級冒険者が入れる場所では……」

「ああ、飛んできた」

「は？」

「あとで怒られるかもしれないけど……まあ、お前を殴るほうが優先だよな」

下級地区と中級地区の間には、上級職人が築き上げたと言われる壁がそびえ立っている。外壁と同じだ。

有事の際に魔物の侵攻を抑えるためのものだが、人の流入も防いでいる。

だが、《天駆》と《健脚》、《銀翼》を使えば越えることが可能だった。そのまま滑空して、この屋敷に突撃したのだった。

「さっきから黙って聞いていれば……」

ポラリスが冷え切った声で、そう言った。

「立場がわかっていないようね？　私は今すぐ、あなたをもの言わぬ氷像に変えることもできるのよ。せめて這いつくばって許しを請いなさい」

完全に悪役のセリフである。

それくらい、腹に据えかねているということだろう。

「立場だって？　君たちはそれで上に立ったつもりかい？　いいかな、僕が死ねば仲間が必ずその男を殺すよ」

「そう。それなら私が常に近くにいるしかないわね。最初からそうすればよかったわ」

「お、お前たちの大事な人を一人ずつ拷問して殺す！」

「口調から余裕がなくなっているわよ」

どんどん荒くなっていくウェルネスの口調とは対照的に、ポラリスはどんどん落ち着いていく。冷たい声が、ウェルネスを突き刺す。

「ウェルネスと言ったか？　お前が死んで代わりに復讐してくれるほどの人望が、お前のどこにあるっていうんだ？　その仲間だって、同じように脅して従わせているだけだろ」

ドラゴンに喰われたあの男も、本心ではやりたくないようだった。

もし家族を人質に取られていなければ、あるいは、ウェルネスへの恐怖に打ち勝てていたら、彼は道を踏み外すこともなかったのだ。

「ふふふ、僕の恐怖は、きちんと身体に刻み込んであるよ。君たち、なにをぼーっとしているんだい？　早くこの男を排除しろ」

入り口で固まっている部下たちに、低い声で指示を出した。それだけで、彼らの顔に恐怖が浮かぶ。

「どうしたんだい？　ほら、早く」

ウェルネスが笑みを深めた。

手をかざし、白い光を空中に浮かべる。

「この光を覚えているだろう？　癒やしの光だよ。君たちもたくさん浴びたもんね？」

「……っ、ウェルネスさん、俺は……」

「大丈夫。何度傷を負っても直してあげるよ。この前みたいにね」

部下たちの顔が恐怖で染まる。

その反応を見て、ウェルネスがこれまでやってきたことを理解した。痛めつけるたびに治し、また傷つける。気絶すらも許さない、地獄の拷問だ。

こんな奴が上級冒険者だなんて、反吐が出る。

旅神のギフトは、こんなことのために使うものじゃない。魔物を倒すためのものだ。

「お、俺たちは――」

彼らが震えながら一歩踏み出した。

「《氷華》」

ポラリスが短く呟く。

彼女の身体から、目に見えるほどの冷気が溢れだした。それは男たちの足元に集まり、氷を創り出した。床に氷の膜を張り、さらに足を氷漬けにする。

「そこで黙って見てなさい。足がもげるわよ」

「さらっと怖いこと言うな……」

「あら、優しさのつもりなのだけれど」

部下たちは動けない。

もしかしたら強引に突破することは可能かもしれないが、動かない理由ができたとばかりに戦意をなくした。

「まあそうだな。お前ら、そこで待ってろ。……今から従う相手はいなくなるからさ」

俺がそう言うと、彼らの目に若干の喜色が浮かぶ。

「俺たちは……俺たちは、もう従わない！　あんたの言うことを聞いて悪事を働くなんて、もうごめんだ！」

「そうだそうだ！」

「ポラリスさん、魔物っぽい人！　やっちゃってください！」

ウェルネスの被害者は俺とポラリスだけじゃない。さらにいえば、あと一歩で下級地区に大災害を引き起こすところだった。

こいつを許すわけにはいかない。

「ああ、そうかい。君たちの気持ちはわかったよ。――あとで殺す」

「させねえよ」

「忘れてないかな？　僕は冒険者ランキング73位……君が勝てる相手ではないよ？　そこのポラリスの順位だって、すぐに超える」

「やってみればわかるだろ」

こんな卑怯(ひきょう)な男に、負ける気がしない。

「エッセン、私も戦うわ」

「いや……ここは俺に任せてほしい」

「え、でも……」

「これは俺のわがままだけど……ポラリスには、手を汚(よご)してほしくないんだ」

「……わかったわ。防御は任せなさい」

「おう」

決着は俺の手で付ける。

ポラリスは俺を人質に取られても、決して手を出さずに堪(た)えたのだ。それなのに、彼女が終わらせたら意味がない。

この外道は、必ず俺が殴る。

「舐(な)められたものだね？　雑魚(ざこ)が」

「いいや、俺は最強の冒険者だ」

「最強？　下級冒険者ごときが何を……！」

俺は四年間も最下位で燻っていた。多少戦えるようになった今も、まだ下級冒険者を脱していない。

だが、それがどうした。

「ある人たちに教わったんだ。強さっていうのは、腕っぷしだけで決まるわけじゃない」

「詭弁だね」

「大事なのは心だ」

その点じゃ、ウェルネスは下級冒険者以下だな。

エルルさんが、キースが、リュウカが……そしてポラリスが、俺に、冒険者としての在り方を教えてくれた。

《魔物喰らい》に覚醒してから、スキルだけじゃなく、心も強くなったんだ。

だから、勝てる。

「《健脚》」

床を蹴って、高速で距離を詰める。

「……っ、《ホーリーレイ》！」

ウェルネスの手から光線が放たれた。

だがそれは、即座に展開されたポラリスの氷に阻まれる。

「僕の魔法はこれだけじゃ――」

「《邪眼》」

なにかしようとした彼の口を、邪眼で石化させる。

魔法の多くは言葉を発することで発動する。

石化の効果時間はわずか三秒。だが接近戦においては、致命(ちめい)的な隙(すき)だ。

その間に、一気に距離を詰める。

「くそが！　《聖炎(せいえん)の鎧》……！」

「《鱗甲(りんこう)》」

目の前まで来た俺を遠ざけるために、ウェルネスは自身の周りに炎(ほのお)を立ち昇(のぼ)らせた。防御の魔法か。

「あいにく、俺に炎は効かない」

ウェルネスの炎に、躊躇(ためら)いなく飛び込む。

皮肉だな。自分が送り込んだ魔物のスキルに、こいつは負けるんだ。

魔法系のギフトは、元より接近戦は得意ではない。だが、遠距離攻撃はポラリスが全(すべ)て無効化する。

「こんなはずじゃ……！」

敗北を悟(さと)ったウェルネスは、大きく目を見開いた。

「終わりだぁあああああ」

《鱗甲》を纏った硬(かた)い拳(こぶし)が、ウェルネスの額を打ち付けた。

ゴンッという鈍(にぶ)い音が響(ひび)く。

確かな手ごたえが、右腕を通じて伝わってくる。

彼が纏っていた炎が消えた。

ウェルネスはそのまま吹(ふ)っ飛んでいき、仰向(あおむ)けに倒れる。

「はぁ……はぁ……。殺さねえよ。俺が喰うのは魔物だけだ」

間違いなく気絶したことを確かめる。

……いや、確かめようとしたらポラリスが氷漬けにしていた。

「え、死んじゃうよ？」

「殺さずに閉じ込めるスキルなのよ」

「怖すぎる」

ポラリスには絶対に逆らわないようにしよう。

そう思いながら、ポラリスと向き直った。

「ポラリ――」

「エッセンっっ！」

ポラリスが満面の笑みで、飛び込んできた。

俺の背中に手を回して、肩(かた)に顔を埋(うず)める。

「よかった……！　私、エッセンが死んだって聞いて……！」

「死ぬわけないだろ。一緒(いっしょ)に冒険者のトップになるっていう夢、果たしてないんだから」

「そうよね。うん、そうよね」

かなりギリギリだったけど、精一杯(せいいっぱい)強がった。

色々あったけど……こうして、ウェルネスの引き起こした騒動(そうどう)は幕を閉じた。

結果だけ見れば、完勝だ。ポラリスも、エルルさんも、街も。大切なものは全て守れた。

十三章　中級へ

下級地区にドラゴンが出現した大事件から、二日が経った。

俺は朝の日課として、ギルドに向かっている。昨日は行けなかったけど。

《ヴォルケーノドラゴンの鱗甲》は身体への負担が大きいようで、昨日は起き上がることもできなかったのだ。さすがAランクの魔物というべきか、強力だが多用はできないみたいだ。

調査や取り調べはエルルさんに任せ、俺はゆっくり休ませてもらった。

迷惑をかけて申し訳ない。曰く「こちらは受付嬢の仕事ですから」とのことだ。相変わらず仕事熱心で頭が下がる。

事件の割にはあっさりとしたものだが、昨日は現場の調査とウェルネスたちへの審問でてんやわんやだったらしい。

あくまでドラゴンを倒した功労者である俺には休息が与えられた、という運びだ。

「ポラリスとキースには矢面に立ってもらって申し訳ないな。リュウカも……いや、あいつはドラゴンの素材を盗んでたからもっと働いたほうがいいな」

俺がゆっくり休めたのも、他の人たちが代わりに対応してくれたからだ。

それを、夕方に報告に来たエルルさんから聞いた。

キースなんて一度も顔を見せなかったくせに、一番走り回ってくれたようである。相変わらずカッコイイ奴だな。

ちなみに、主犯のウェルネスは調べれば調べるほど余罪が明らかになっていき、厳罰は免れないそうだ。当然だな。

脅されていた部下たちは、事情は考慮されるものの数々の犯罪に関与していたことからお咎めなしというわけにはいかないらしい。なんとか冒険者として更生してほしいものだ。

「あの宝玉の出どころは不明のままなんだよな……」

魔物を封じ込め、好きな場所で解き放てる。そんな宝玉がもしたくさんあるとしたら、迷宮都市は大変なことになる。

まあ、旅神教会が動いているらしいから直に解決することを祈ろう。

「ところで、魔物のスキルをがっつり見られたわけだけど、大丈夫かな……？」

人の心配をしている場合ではないことを思い出す。

昨日から不安で胃が痛い。

前に神官のフェルシーに会った時は、魔物の姿を持つ人間なんて言語道断！　みたいな雰囲気だったけど……。旅神のギフトだから許してくれませんかね？

「エッセンさん！」

考え事をしながら歩いていると、いつの間にかギルドに着いていた。四年間ほぼ毎日歩いた道だ。目を閉じていても辿り着ける。

エルルさんがカウンターを飛び出して、駆け寄ってくる。

「エッセン……あれがドラゴン殺しの」

「なんでも、ドラゴンを丸ごと呑み込んだらしいぜ。どんな胃袋してんだ」

「え？　ドラゴンに喰われたけど腹を突き破って出てきたって聞いたけど」

援軍に居合わせなかった者たちだろうか。

ギルド中の冒険者たちが、ひそひそと噂話をしている。

「俺はいったいどんな化け物だと思われてるんだ……？」

「ごめんなさい……さすがに目撃者が多くて、口止めできず……。噂が独り歩きしているようです」

「ああ、いえ、エルルさんのせいじゃないですよ。それに、前の噂よりもよほど良いですから」

「あはは……それもそうですね」

万年最下位のエッセン。その不名誉な呼び名も、もはや懐かしい。

こうして噂が立つのも、頂点に辿り着くためには避けられない道だ。なら、これも成長の証と捉えよう。

「そうだ！　ランキングボード、まだ見てないですよね？」

エルルさんが壁を指差して、声を弾ませた。

「ふふん、実は私はもう見ちゃったんですけど……自分で見たいですよね？」

「もちろん！」

そのためにギルドに来たんだから。

エルルさんと一緒に、ボードの前に立つ。

50000位台から目を走らせていく。……ない。

少しの期待を胸に、４から始まる数字をなぞっていく。

「あった……！」

そしてついに、俺の名前を見つけた。

『４８４４５位　エッセン』

その数字は、少し前までなら夢にも見ないような順位で。

大きな節目である、５００００位のボーダーをわずかに超えていた。

「よっ……しゃぁあああああ！」

人目もはばからず、両拳を天に突き上げた。

前回の確認から、ドラゴンを一体倒しただけだ。それだけで、かなり順位を上げることができた。

Ａランクを倒す下級冒険者なんてまずいない。貢献度を大きく稼ぎ、一気に上昇したのだ。

同時に、Ａランクを日常的に倒している上級冒険者との差はまだまだ大きいと感じる。

だが……今は、この順位が嬉しい。

「おめでとうございます、エッセンさん」

「ありがとうございます……！　エルルさんのおかげです」

「いえいえ、大したことはしてませんよ。エッセンさんがこれまで腐らずに頑張ってきたから、報われたんですよ」

エルルさんのサポートがなかったら、《魔物喰らい》の力があってもこんなに早く上がることはできなかっただろう。

感謝してもしきれない。

「これで中級冒険者ですね」

「中級……は、はい。なんだか実感がわかないですけど……」

「ちなみに、ドラゴンを倒した時点で中級の資格はありましたので、壁を越えて侵入(しんにゅう)した件については不問とするそうです」

「よかった……！」

「ふふっ。では、さっそく手続きをしましょう」

エルルさんの小さな手に引かれ、カウンターまで連れていかれる。

中級。中級冒険者……。まだ実感がない。中級地区に入ったら、あるいは上のダンジョンに入ったら、実感できるのかな。

でも、まだ通過地点に過ぎない。俺はここから、さらに上に行くのだ。

「はい、これで中級地区およびC、Dランクダンジョンに入ることができるようになりました。中級地区に居住することも、宿を借りることも可能です」

「なにからなにまでありがとうございます」

「いえいえ。本題はここからです」

そう言って、エルルさんが真面目(まじめ)な顔をした。

「中級冒険者となる方には必ずお話ししていることなのですが……。中級より上は、下級とは比べ物にならないほど危険な魔物やダンジョンが待ち受けています。少しのミスが命取りになります」

「はい」

「中級に上がっても、引退していく冒険者は多いんです。中級ダンジョンに恐怖(きょうふ)し戦えなくなった方、続けられないほどの後遺症を負った方、そして……」

死んだ者。

下級冒険者の壁を突破し中級に上がることのできた猛者でさえ、一歩間違えれば死に至る。

エルルさんの忠告で、身が引き締まる。そうだ、浮かれてばかりではいられない。

「喜びに水を差すようで申し訳ございません。でも……」

「ありがとうございます。エルルさんはいつも俺を心配してくれますね」

「それはっ……受付嬢の仕事ですから」

いつもの言葉が、こんなにも頼もしい。

「このまま中級にならず、下級のまま生活していくという手もあります。エッセンさんの実力なら、十分に生活費を稼げるでしょう」

「それも悪くない生活ですね……。でも、俺は上に行きたいんです。上級の、さらに頂点まで」

「エッセンさんならそう言うと思っていました」

エルルさんが仕事用の笑顔ではなく、本心で笑った気がする。

それを見て、俺も笑った。

「陰ながら応援させていただきますね。それと……私も、中級商人を目指そうと思います」

「おお！　エルルさんならきっとなれますよ」

「はい。それで、もし中級商人になったら……」

エルルさんが、少し頬を赤らめてはにかんだ。

手をもじもじとさせて、目を泳がせる。

「エッセン！」

その時、背後から、俺を呼ぶ声が聞こえた。

振り向くと、雪のような白銀の髪が見えた。

全力で走って来たポラリスが、手を広げて飛びついてきた。

ふわりと甘い香りがして、全身に衝撃が走る。

突然の【氷姫】の登場、そして俺に抱き着くという行動に、周囲から視線が集まる。

「ポラリス！」

「よかった。元気になったのね」

「おかげさまでな。どうしたんだ？　そんなに焦って」

「ふふ、中級冒険者になったエッセンに、早く会いたかったの」

ポラリスが身体を離して、微笑んだ。

ポラリスが好きだと自覚してしまった今となっては、少し気恥ずかしい。

でも、彼女を失う辛さを知ったから、もう手放したくない。

「まだポラリスの順位には遠いけどな」

「エッセンならすぐよ」

「ああ。すぐに追いつく」

「待っているわ。ああでも、手を抜いたりはしないから」

「当然」

ポラリスが突き出した拳に、俺の拳をこつんと合わせる。

まだ遠い。でも、近づいた。

いつか必ず、ポラリスの隣に並ぶのだ。その時まで、俺は足を止めない。

「そっかぁ……そういうことなんですね」

エルルさんがぼそりと呟いたけど、よく聞き取れなかった。

「あ、ごめんなさいエルルさん。まだお話の途中でした」

「いいえ。ごゆっくりなさってください」

「待たせるわけにはいきませんよ。それで、中級商人になるって」

「はい。私も中級商人になって、中級冒険者ギルドへの配属を目指しますね。もし中級ギルドに行けたら、またエッセンさんをサポートさせてください」

冒険者とは基準が異なるが、職人や商人、農家、医者などにも、ランクの区分がある。

商人の上がり方は知らないが、エルルさんならきっと大丈夫だろう。

「ぜひ。エルルさんがこれからもサポートしてくれるなら、心強いです」

「それが受付嬢の仕事ですから、任せてくださいっ」

エルルさんと固い握手を交わし、ギルドを出る。

中級になると言っても、会いたければいつでも会える。そんなにしんみりする必要はない。

むしろ、順位を追い抜かれて下級に降格しないかどうかを心配したほうがいいかもしれない。嫌だぞ、すぐに下級冒険者ギルドに戻るのは。

「エッセン、お祝いに良いお店連れて行ってあげるわ」

「いいのか？」

「ええ。中級地区にお気に入りのレストランがあるの。せっかく入れるようになったのだから、知っておいて損はないわよ」

ポラリスと一緒に下級地区を歩いて、中級地区に向かう。

これが中級冒険者としての第一歩だ。

「待ってろよ、冒険者ランキング1位！」

本書は、２０２２年にカクヨムで実施された「第7回カクヨムＷｅｂ小説コンテスト」で異世界ファンタジー部門特別賞を受賞した「【魔物喰らい】百魔を宿す者～落ちこぼれの〝魔物喰らい〟は、魔物の能力を無限に手に入れる最強で万能なギフトでした～」を加筆修正したものです。

魔物喰らい

ランキング最下位の冒険者は魔物の力で最強へ

2023年3月5日　初版発行

著　　者　緒二葉（おにば）

発 行 者　山下直久

発　　行　株式会社 KADOKAWA
〒102-8177　東京都千代田区富士見 2-13-3
電話 0570-002-301（ナビダイヤル）

編　　集　ゲーム・企画書籍編集部

装　　丁　AFTERGLOW

D　T　P　株式会社スタジオ２０５ プラス

印 刷 所　大日本印刷株式会社

製 本 所　大日本印刷株式会社

DRAGON NOVELS ロゴデザイン　久留一郎デザイン室+YAZIRI

●お問い合わせ
https://www.kadokawa.co.jp/（「お問い合わせ」へお進みください）
※内容によっては、お答えできない場合があります。
※サポートは日本国内のみとさせていただきます。
※ Japanese text only

定価（または価格）はカバーに表示してあります。

ISBN978-4-04-074896-2　C0093

鍋で殴る異世界転生

しげ・フォン・ニーダーサイタマ
イラスト／白狼

鈍器、時々、調理器具……
鍋とともに、生きていく！

転生先は、冒険者見習いの少年クルト、場所は戦場、手に持つのは鍋と鍋蓋――!?　なんとか転生即死の危機を切り抜けると、ガチ中世レベルの暮らしにも順応。現代知識を使って小金稼ぎ、ゴブリン退治もなんのその。これからは、鍋を片手に第二の人生謳歌します！　て、この鍋、敵を倒すと光るんだけど……!?　鍋と世界の秘密に迫る異世界サバイバル、開幕！